講談社文庫

つぼねのカトリーヌ

The cream of the notes 3

森 博嗣
MORI Hiroshi

講談社

まえがき

実は、僕の研究室にいた秘書さんが、カトリーヌという渾名《あだな》だった。研究室には、女子学生も何人かいて、彼女たちともよく一緒に食事をしたりお茶を飲んだりしていた。僕の隣の部屋だったので、コピィなどを取りにいくと、そういった光景に出会ったのである。国立大学では、秘書という役名の職員はいない。これは、講座の研究費から支出して個人的に雇い入れているパートであるから、国家公務員というわけではない。「局《つぼね》」というのは、紫式部《むらさきしきぶ》のように、主として宮中での部局のことだと僕は思っている。そういったことをイメージしてタイトルをつけた。

さて、百個のショート・エッセィからなる本書の形式は、講談社では三冊めになる（他社でも三冊出しているので、事実上は六冊め）。半年間に思いついたタイトルを集めておき、本文は一気に書く。本書の場合は、今年の七月の最初の一週間で書いたものだ。だから、だいたい二〇一四年前半の出来事からヒントを得ている。

とはいえ、僕はあまり社会に溶け込んでいない。TVも見ないし、電車にも乗らない。仕事で人に会うこともなく、町内会にも出ていかない。世間知らずということでは、若い頃から実績を挙げてきたし、自力本願で生きている。したがって、実際の出来事に対するきちんとした反応というものは、本書には書かれていない。ぼんやりと、「こんな話を小耳に挟んだけれど、本当かな、本当だとしたら、まあ、こういうふうに考えても良いかもね」という程度のことを述べている。

つまり、主張したい意見ではない。また、「こんなの知っている？」という知識のネタでもない。あるいは、役に立つアドバイスでもない。ずばり書けば、観察の結果を素直に書いているだけだ。これが役に立つか、立たないか、頭に来るか、笑えるか、は読む人しだいである。どう受け取ってもらっても、僕はかまわない。

同じような内容を過去に書いた、ということもあるのだが、よく読んでもらうと少し変化している。その変化を書いている。また、書いている内容が、別の項目と矛盾しているものもある。それでも書いている。何故なら、人間の思考には、矛盾はつきものだし、矛盾なんて、そもそも小事だと考えているからだ。

二つだけ確かなことがある。一つは、小説を書くよりも、本書のようなものを書く方が大変だということ。もう一つは、最初に書いた、タイトルをつけた理由（前ページ最初の三行）が、フィクションだということ。以降は、噓は書かない。

二〇一四年七月

contents

つぼねのカトリーヌ
The cream of the notes 3

1 「欲しいものはない」より「欲しくないものはない」の方が上。

とてもわかりにくい。少し説明しよう。「欲しいものはない」というのは、欲しいものは全部手に入れたから、もう欲しいものがなくなってしまった、という意味である。一方、「欲しくないものはない」というのは、「すべてが欲しい」の意にも取れるけれど、ここでは、欲しくないものはすべて処分したのか、今は家にない、という意味だ。どちらの言葉も、欲しいものは全部手に入れた状態を示している。ただ、欲しいものを全部手に入れても、手に入れたあとで気が変わって、「これはそれほど欲しくなかったかも」と反省することがあるので、つまり、全部を手に入れても、持っているものの中に欲しくないものが含まれている。後者の言葉は、そういうものがない状態を示しているので、「持っているものはすべて欲しいものだ」となる。こちらの方がレベルが高い、ということを今は言いたいのである。

二つのやり方がある。一つは、欲しくなくなったら手放してしまう（あるいは捨ててしまう）という方法。もう一つは、本当に欲しいかどうか、その価値があるかどうかをよく見極めて手に入れる、という手法だ。

若いときには、なんでも買えるわけでもないし、また気も変わりやすい(実は、自分の気持ちを精確に見極められていない)。だから、せっかく手に入れても、なんとなく無駄になることが多いものだ。そういう経験を踏まえて、自分が長く楽しめる「本当に欲しいもの」がだんだんとわかってくる。それから、比較的資金も潤《うるお》う年代になるので、本当に欲しいものを着実に入手できるようにもなる。

僕は、けっこうなんでも買っているように端から見られている人間だが、実はもの凄く吟味をしている。衝動買いというものをまずしない。もの凄く欲しくてもできるかぎり我慢をして自分を試す。値段の高い安いではなく、なにものに対してもそうするのは、もともとが貧乏だったからなのか、それとも親の教育のせいなのか、わからない。少なくとも、自分で決断をして手に入れたものが無駄になることは、ここ最近ではまずない。二十代で一番多く、あとは減少するばかりである。

「お金はあるから」とか「今買ったら人が羨《うらや》ましがる」というような理由を判断基準にしない。ただただ、自分が欲しいかどうかをひたすら考えるのだ。自分を納得させるために、何故必要なのか、何がそんなに価値があるのか、と考える。ただそれだけで、無駄なものを買わずに済むのである。

2 なんらかのトラブルがあったと見て調べている？

殴り合いの喧嘩があって怪我人が出た。警察は、二人の間に「なんらかのトラブルがあった」と見て調べている。こういったニュースをよく見かける。そこで考えてしまうのだが、「なんらかのトラブルがない」場合には、どんな解釈があるだろうか、ということ。たとえば、完全なゲームで、ボクシングをしていた、というようなものか。親しい友人だったら、殴り合いくらいするかもしれない。でも、警察沙汰になるような真似はしないし、もっとプライベートな場所でするだろう。

つまり、「殴り合いの喧嘩があった」という状況は、既に「なんらかのトラブル」の存在の結果なのである。だから、もしきちんとした文章を書きたいのなら、「警察はトラブルの原因を調べている」となるだろう。

よく考えないで文章を書いていると、このような当たり前の文言になる。書いても書かなくても情報量が同じなのだから、「無料の言葉」でスペースを埋めていることになる。プロの物書きだったらやや恥ずかしい。もっと酷い場合になると、警察はなんらかのトラブルがあったものと「見ている」で終わっていたりする。

「疑問視する声が上がっている」なんていうのも、馬鹿な表現として使われることが多い。というのは、どんな対象であっても、常に疑問視はできるのであって、疑問視されないものなどない、といっても良いからだ。そんなまったく疑う余地のない真実というものは、高校までの数学の答くらいである。織田《おだ》信長《のぶなが》を討ったのが明智《あけち》光秀《みつひで》だという史実であっても、疑問視する者は少なくないだろう。

理由もなく、つまりトラブルもなく、いきなり殴りかかってきた、という場合もあるかもしれない。この場合、殴りかかった方は、精神になんらかのトラブルを抱えているし、また、殴りかかられた方は、既にトラブルに巻き込まれているため応戦したわけである。だから、事前にトラブルがなくても、結果的にトラブルはやはり存在する。ただ、トラブルがあっても殴り合いにならない場合の方が多数であり、トラブルがイコール殴り合いではない。集合的には、殴り合い⊂トラブル、となる。

このほか、ニュースでは、「可能性がある」という表現は、「疑いがある」という意味に使われている。宇宙人がいる可能性がある、というのは僕もそう思うところだが、一般の方は、「かなり高い確率で」と無意識にイメージするようだ。そういう可能性がある、と疑っている、と疑問視する声も上がっている。

3 「今のままで良いのだ」というのは、格好悪くない。

どういうわけか、「常に上昇志向」が正しい姿勢だと皆が信じている。「結果はどうあれ、常に成長を目指す」というのは、どう考えても綺麗事《きれいごと》ではないか、と僕などは引いてしまう方だ。たとえば、肉体的な成長も、人生の前半のさらに半分、つまり、二割か三割の短い間に過ぎない。そのあとは、結局は体力を「維持」するのがせいぜいなのである。

人間の社会も、おそらくはこれと同じだろうと思う。社会主義のように、成長したあと急死するものもあったけれど、資本主義、民主主義、自由主義であっても、成長したあとは、もう成長戦略など基本的にありえない、と考えた方が正しい。欧米先進国などは既に成長し切っている。日本も当然そうだ。今成長しているのは中国やインドなどだろう。

「維持」という言葉が、どうも格好悪く感じてしまうのは、成長期の名残りにすぎない。「維持」はとても大事だし、現代の基本的なムーブメントでもある。これが格好悪いと思うようなリーダは信頼されないだろう。だから、政治家ももう「改革！」なんて叫んでいる場合ではない。

今のままで良い、というのは、そのまま言葉にすると「保守」である。しかし、この「保守」という言葉も、今は変な意味に使われている。どちらかというと、「懐古趣味」のような後ろ向きなイメージが伴う。これも間違った感覚だと思う。なんとなく、保守よりは革新の方が美しいように思えてしまう。明らかな錯覚だ。

現在の日本は、僕が子供の頃に思い描いた夢のような社会だと思う。日本人は、潔癖な民族だから、早い時期に汚職などの裏の悪事が排除された。また、公害なども比較的早く対処が進んだ。未来はこんなに荒涼としている、という悲観的な想像が多かったなか、僕が思うに、最も良い側へ結果として向かったように思う。そんなに上手い具合に行くのか、と思っていたとおりになったのだ。

こんな自由で豊かな国になったのは、八割方は偶然だと思う。たまたまいろいろな条件が良かった。残りの二割が、政治家と日本国民の努力の産物だろう。だから、これを維持することは、とても素晴らしい方向性だと思える。もちろん、維持するためには、常に悪い箇所を補正する必要がある。モグラ叩きのように小さな悪を叩いていくしかない。さて、今の日本を維持できるだろうか。

4 「号泣」を使いすぎるこの頃。

江國香織《えくにかおり》氏の小説「号泣する準備はできていた」というタイトルは、大変秀逸で、このタイトルだけでご飯が食べられる（不適切な表現でした。陳謝します）が、ここ最近のマスコミは、「号泣」という表現を、ちょっと涙が流れたくらいで使うようになった。号泣は、声を上げて泣くことだ。声を上げて文句や言い訳を言いながら泣くことではない。

そもそも、タレントは番組の中で泣きすぎる。なにかというと、泣くようになった。泣くと注目されるからだ。また、泣くと、正直者だと思われると考えているようだ。好感度がアップすると思い込んでいるらしい。泣くことが恥ずかしいことだと感じないというだけで、かなり下品だと僕は判断する。たぶん、これは古い感覚なのだろう。でも、それが日本の文化だった。たとえば、皇室の人はけっして人前では泣かない。それが、子供ではない大人の普通の嗜《たしな》みだったのだ。

僕が観察したところでは、中国人や韓国人は、日本人よりも号泣する。これは、明らかに文化の違いだ。だから、日本人の文化がそちらへ近づいているのではないか、と思える。

まあ、人それぞれなので、個々に文句を言うつもりはない。ただ、演技で泣いても、好感度はアップしないですよ、ということを言いたいだけである。

目を潤ませる、というくらいは、泣くとはいえないかもしれない。この程度であれば、ときどき感動してそうなることはあるだろう。ただ、これも真の感動ではない。ただ、ちょっとのせられただけだ。子供とか動物とかが出てきたら、涙腺《るいせん》が緩《ゆる》むことはある。だからといって、それを狙って番組を作るのも変な話だ。そういう姿勢は品がない。

いずれにしても、感動で号泣することはありえないだろう。そういう泣き方は、もっと恨めしさとか悔しさとか、圧倒的な悲しさだけにあるものだ。

泣くなという話ではない。号泣するときは、自分一人だけのときにすれば良い。人に見せるものではない、ということである。そうしないと、「ああ、この人は、人前で号泣できるような育ちの人か」と思われる。そのマイナスを考量してから号泣するようにしてもらいたい。これは、ドラマや映画やアニメなどでも、同じだと思う。作り手の文化を見ることができる。

5 「今のままで良いのか」といつまでも意識したい。

二つまえに書いたことと逆になるかもしれない。しかし、少し違う。自分の周辺、つまり自分の外側に対しては、「まあ、今のままで良いのではないか」でも良いかもしれない。社会とか日本とかであれば、そうなる。多くの日本人は、日本の悪口を普通に言う。これは、数十年来のマスコミの「癖」なのだが、そうやって日本の悪口を言うことが格好良かった時代があった。今でも年寄りにはこれが多い。だけど、日本人であることに、みんなそんなに不満を持ってはいない。日本は住みやすい国なのだ。だから、そういう外側に対しては、まあ今のまま「維持」できれば良いのでは、という話になる。

けれども、自分の内側に対しては、全然そうではない。何故なら、自分の内側には歴史がない。せいぜいあっても数十年である。百年以上の歴史を持っている精神というものは滅多にないのだ。肉体は、たしかに二十年ほどで成長が止まるかもしれないが、精神の成長はそれくらいで止まるものではない。ここが違う点である。

ところが、この精神の成長を止めてしまう人が非常に多い。なかには、十代のときのまま、なにも成長しない人もいる。こういう人は品格というものがないので、ちょっと接するとすぐにわかる。また、三十くらいで成長を止めてしまった精神というのは、融通が利かず自分勝手であることが多いようだ。

性格とか気持ちとか、そういった感情面だけでもない。普段からいろいろな問題に頭を使うことが大事で、とにかく何歳になっても「悩み多き年頃」であり続けることが、精神の成長を止めない唯一の方法ではないか。

もしこれといって問題がないときには、「では今のままで良いのか」と問うことをおすすめする。自分は、今のままで良いのか。もう今の状態が人生の到達点なのか。そんなに自分は偉いのか。というように自問してみよう。たぶん、これを考えない人は、今が到達点だと感じ、自分は偉いと勘違いしているのだと思う。

どんなに遠くへ行ったとしても、どんなに高いところに到ったとしても、ただ立ち止まってぼんやりとしている人は、魅力的とは思えない。それよりも、常に走り続ける人、いつも登り続ける人の姿こそ格好が良い。

人に格好良く見せるのではない。自分で自分を見たときに格好が良いのである。自分で自分を見ることをしない人には、その格好悪さもわからないが。

6 トイレ掃除から僕が学んだこと。

今は仕事をろくにしていない立場なので、できることは自分でするようになった。最も多いのは、掃除だ。庭の掃除は当然だが、家の中の掃除は、自分が使う部屋やトイレなどである。ついつい自分が我慢すれば良いのだから、と手を抜きがちになって、反省することしきりである。

トイレの掃除をこのまえ徹底的にしたのだが、一週間ほどかかった。毎日少しずつ(だいたい長くても二十分ほど)やるからだ。なかなかすっきりと綺麗にならないが、それでも毎日やっていると、昨日よりは今日の方が綺麗だ、ということがわかる。それがわからなくなったら、掃除が終わるのである。

トイレの一週間集中掃除で次のようなことがわかった。

一、進展が遅くても、少しは変化がある。その変化を見ることが大事だ。

二、やっているうちに、手法が改善される。試すことで良い方法が見つかる。

三、白いと思っていたところが、実は完璧な白ではないことが見えるようになる。

なにげないことだが、これはやってみないと実感できないだろう。特に、三つめの自分の観察が精確になるという効果は、長時間見続けることで生まれるものだ。なにごとも、じっとそればかりを見ていれば、見えなかったものが見えてくる。精密なものを作る職人なども、目が素人と違う。自分も、工作を続けているので、若いときには見えなかったものがいろいろと見えるようになった。見えれば、修正ができる。ようするに、精確に作るというのは、器用な手の技術ではなく、修正すべき点を見つける目の精度が大半だといえる。

掃除機で部屋の掃除をするとき、僕は床に落ちているゴミや埃《ほこり》を見て掃除機を動かしている。僕の奥様（敢えて敬称）は近眼だから、そんなものは見ていないという。ただ、床の全面に隈《くま》無く掃除機の先を往復させるだけだという。こういう掃除をする人は、掃除機のスイッチは入れっぱなしである。僕は、頻繁にスイッチを入れたり切ったりする。汚れていないところを移動する間は、電気を無駄にしたくない。特に、僕はバッテリィ式の掃除機を使っているので、このような方法になる。

蒸気機関車の煤《すす》掃除をするときは、機関車が冷えないうちにしなければならない。冷えると汚れが取れなくなる。最近、蒸気で熱して汚れを取るクリーナが人気のようだが、この手法を、まえから僕は知っていた。

7

値段が高いときに買っても、お得感はある。

製品の値段は、一般に発売したときが一番高い。新品であっても、だんだん下がってくる。また中古品になればもっと安くなる。多くの人は、できるだけものを安く買いたいと考えているから、「安くなるまで待とう」となる。ごく自然のことだ。

しかし、本当はそうではない。ものを買うときには、出した金の価値が、買ったものの価値になる。安く買えば、安い価値と交換しただけのことだ。これが薄々自分でもわかっているから、買ったあとも価値をさほど感じない。だから不満も出る。一方、高いときに買った人というのは、その品が欲しい、値段は問題ではない、という気持ちがあるから、手に入れた価値は大きく感じる。こういう人は、自分が支払った価値を積極的に見出そうとするし、満足が得られることが多い。

だいたい、安くなるまで待てるということが、それほど欲しくない心理の表れである。だから、手に入れたときに満足できないのは当然だろう。

いったいどちらが得をしているのか、と考えてしまう。たとえば、ブランドもののバッグとかは、発売になったときに手に入れたい、という人が多い。中古で充分だという人は、たまたまそこにあったものから選ばなければならない。今頃持っているなんて、という目で見られているのではないか、と不安にもなるらしい。

小説の場合も、お気に入りの作家で、単行本の発売日に買う人は、たいてい作品に満足できる。高い価格の元が取れることを知っているから、こういうことができる。一方、そもそもその価値があると思えないから、と躊躇《ちゅうちょ》する人は、たまたま古書を見つけて買って、その一瞬は得した気分になるものの、読んでも不満が残るだろう。自分の考えたとおりになっているのである。良かった、高い本を買わずに済んだ、ということを確かめるだけのために、半端な金を出したことになる。

図書館で読む人はもっと悲惨で、順番を待って、自分の好きなときに読めないし、借りてきたら、返却日に追われて読むことになる。本は無料だが、自分の時間を失っていることに気づいていない。時間の方がずっと高いというのに、である。

自分は金がないからしかたがない、あるものでそこそこ楽しめれば良い、という人生もある。そういう「そこそこの人生」というのは、もちろん悪くない。悪くはないが、少なくとも「お得」ではない。安い価値を見つけて喜ぶのは、地面に落ちている金を探して、下を向いて歩いているような感じに見受けられるが、いかがか。

8 完成の瞬間だけが目標ではない。

ものを作るとき、目指すゴールはそれが完成したとき、というのが一般的なイメージだろう。しかし、これは間違いである。作られたものは、完成したあともこの世に存在するのだ。その価値をできればずっと保ってもらいたい。

いろいろな面がある。たとえば、完成後の劣化をあらかじめ考えて対策を講じておく。わかりやすく言えば、頑丈に作る、ということ。また、壊れたときや、改良が必要になったときに、処置が簡単なようにデザインしておくことも重要だ。こうした、完成後の長い時間を意識して、ものを作ることがとても大事だと思う。ときには、自分が死んだあとにも、それが使われることがある。ここに、技術というものの神髄というのか、精神が宿る。後世になって、作者が賞賛されることもあるし、またそのグループ、あるいは国の信頼を高める結果にもなる。自分の子孫に利益をもたらすこともきっとあるだろう。

ここで、小説の話を書こう。僕は、小説も「もの作り」として捉えている。そういうふうに作っている。したがって、長持ちするもの、耐久性のあるものをいつも考えて執筆をしている。つまり、作品は、その本が発行された瞬間にだけ価値を持つものではない、ということだ。

ところが、本作りのプロである出版社では、そうは考えていないように見受けられる。編集者は、本の発行日で、その仕事は終わりだと考えている場合が多い。彼らが努力をするのは、新刊が発行されたその日に、どれだけアシストできるか、という観点からのものだ。必然的に、オビの文句を考えたり、フェアをしたり、ポップを作ったり、という小手先のものになる。しかし、本はその後何年も商品として存在するのである。オビもなくなり、ポップもなくなる。それでも売れるものであってほしい。どうすれば良いだろうか。

作者の僕としては、十年ほどさきを見て、作品を作るようにしている。今売れるものではなく、これから売れるものを作る。当然の姿勢といえる。現に、僕の本は、発行したときにベストセラになったものは一冊もない。発行後何年もしてから売れるようになったし、今のところ、十八年間に出した小説で、一作も絶版になった作品はない。どの本も、今でも地道に売れている。

性能は主として、「瞬間強度」と「耐久性」の二つで評価されるものである。

9 行列に並ぶというのは、恥ずかしい貧しさだと感じる。

「行列のできる店」というのは、僕が避ける店のことである。これは、僕の父がそうだった。「混んでいる店」が嫌いだった。いつ行っても空いている店がお気に入りだった。これは、今の若い人には考えられない価値観かもしれない。

行列に並ぶということは、恥ずかしい行為だったのだ。どんなに貧乏であっても、「半額セール」「先着○○名様無料」などに踊らされるのは、心が貧しい人間である、と教えられた。今でも、僕はそう思っている。

「心が貧しい」というのは、「浅はか」という意味だが、つまり、自分の価値観を持っていない。群れに誘われ、右へ倣《なら》えになってしまう。結局は、思考停止の「心」なのだ。

たとえば、道が渋滞しているときは、僕は予定を変更して、そこへ行くことを諦める。別の日にする。混んでいるところへ出ていきたくない。自分の時間を無駄にしたくないのである。したがって、週末などはどこへも出かけない。誰も行かない山奥へ模型飛行機を飛ばしにいくことくらいしかしない。誰も見ていないところで、一人だけで遊ぶためだ。

　遊園地が好きで、あちらこちらへ出かけていったことがあるが、平日で絶対に人が来ないような日を選んで行った。ほとんど貸し切り状態である。ディズニーランドへ行ったことも数回あるけれど、行列ができているようなアトラクションには絶対に乗らない。ちゃんと並ばないでも乗れるダークホースがあるのだ。

　ところが、この頃は老人が増えたためか、平日でも、けっこう人が多い。空いているという場所があまりない。場末の遊園地くらいが狙い目だけれど、暇な人間が増えたのか、それとも僕みたいな考えの人が多くなったのか、どうも「閑散とした」場所を楽しむことができなくなった。残念なことだと思う。

　人が並んでいないところで、ときどき凄い掘り出し物に出会うのだ。これが堪らない。まるで自分を待っていてくれたようにも感じる。これに比べると、並んだ末に良い結果が訪れても、「まあ、当たり前か」と思えて、差し引きゼロになってしまう。だから、並んで得なことは、ほぼない。

　みんなが良いと言うものは、自分が良いと感じるものとは違っている、ということを子供のときに僕は知ったので、こういう大人になった。

10 自分は基本的に一人である。

このまえ、ある本で「どんな仕事をしているかというのは、今何を着ているのか、と同じくらい人間の本質的なものではない」と書いた。これと同様に、結婚しているかどうか、どんな家族構成なのか、といったことも、人間の本質的なものではない。ただ、どんな家に住んでいるか、という程度の「状態」でしかない。

結婚を、とにかく大きな人生の課題だと考えすぎている。若者は、結婚したことがないから、どうしてもそう考えるだろう。結婚するのが当たり前だ、結婚して家庭を築くことが人間の幸せというものだ、と教えられている。年寄りは、そう諭《さと》すのである。少子化が大問題だと騒ぐ。何だろう？　もしかして、自分たちが老いたときに面倒を見てもらいたい、ということなのだろうか。「そんなことは関係ない。自分の始末くらい自分でできる」と唾《つば》を飛ばして怒るのだが、だったら、少子化だって良いではないか。え？　日本が立ち行かなくなる？　年金制度が破綻《はたん》する？　それって、やっぱり面倒を見てもらいたいのと同じなのでは？

僕は、自分の家族の話をする人があまり好きではない。家族のことを尋ねるのも下品だと感じる。目の前にいる貴方と話をしているのだ。貴方と自分の関係なのだ。家族は関係ない。それは、自分の家がどんな間取りかを話すようなものだ。ところが、なにかというと、子供、孫の話をしたがる。親とか祖父母の話をする人はあまりいない。孫が生まれるとわかって、大喜びする動画がしょっちゅう話題になっているが、それほど楽しいことがなかった人生なのか、と僕には見える。

僕は、少子化は悪いことではないとまえから発言している。そりゃあ、リスクを冒してまで産みたくない人は多いだろう。当然だ。子供を産むことは、ギャンブルみたいなもので、自分の健康にも負担があり、経済的な負担、時間的な不自由、自分の人生に不確定なものが飛び込む危険、などいろいろなリスクがある。もちろん、それを跳ね返すほどのラッキィもあるだろう（だからギャンブルなのだ）。けれど、今現在の自分の生活に満足し、自分だけで楽しく生きていける人が増えた。これからやりたい夢もある。その夢を手放したくない、という積極的な理由で結婚しない場合だってあるはずだ。

子供がいたっていなくたって、伴侶《はんりょ》がいようといまいと、老人になればいずれは一人になる。一人で生きていく覚悟こそ、一人前の大人としての嗜みである。

11 「よす」という動詞は、命令形以外は聞かなくなった。

漢字にすると「止す」である。これは、「やめる」とほぼ同じ意味だ。今でもときどき使うのは、「よせ」という命令形か、「よしなさい」とか「よしてよ」というような命令の意味での使用だろう。「俺、今日はよす」とはあまり言わなくなった。辞典には、「学校をよす」という使用例が書かれていたが、これは「退学する」という意味である。使う人はいるだろうか。「仕事をよした」とも聞かない。

少し古い小説などを読んでいると、頻繁に使われていて、むしろ「やめる」よりも一般的なのか、と思えるほどだ。明治とか大正くらいの文章である。会話では一般的だったのだろう。しかし今では、NHKのアナウンサが報道番組では使わない。どうも、そういう言葉らしい。

しかし、たとえばちょっと良い家のお嬢様などが使うとなかなか情緒がある。「私、今日はよすわ」なんて言うとそれらしい。もう少し丁寧に描写すると、「今日はよしましょう」とか、「今日はよすことにします」などなど。いろいろ思いつく。こんな話し方というのは、僕の伯母様くらいがしていたように思う。たしかに、同年輩ではもう聞かなくなった。反対に、「私、今日はやめるわ」と言うのが、どことなく風情がない、と比較してしまうくらいである。

言葉というのは、自分の身の回りのものを耳で聞いているだけでは、なかなか広く知ることができない。しかし、幸い、文字で他者の言葉を読める。昔の人、良い家のお嬢様、知合いなどがいなくても、文学の中に登場するので、その言葉を体験することができる。これは、大事な文化だと思うし、こういうものを知らないと、いざというときに困ることもある。たとえば、目上の大事な方に手紙を書かなければならないとか、そんなときである。え？　そんなことはありえない？　では、貴方が小説家になる場合は、そういうこともありますよ、としか言えないか。

僕は、二十代の前半に、大事な手紙を三つ書いた。一つは、今の奥様に宛てたものだったし、もう一つは、彼女の父親に宛てたものだった。また、もう一つは、研究の恩師に宛てたものだった。いずれの手紙も、僕の人生を左右するものだといえなくもない。もちろん、当時でも普通は電話であって、手紙は滅多に書かない時代である。今はメールかもしれない。だから、文章に使う言葉は、やはり知っていた方が良い。「よす」を自然に使えるようになるには、まず書かなくてはいけないだろう。

12 禁煙したと周囲が気づくのは、禁煙が終わった頃。

禁煙というのは、煙草を吸うことを我慢することだ。我慢をしなくても良い状態は禁煙ではない。たとえば、煙草を一度も吸ったことがない人は、ずっと禁煙しているわけではない。僕は、三十九歳のときに禁煙をした。それ以前にも何度か禁煙をしているし、煙草を吸って、次の煙草を吸うまでは禁煙しているので、特別なことではない。ただ、吸わない時間が長いというだけの違いだ。その三十九歳の最後の禁煙のときも、一週間ほど禁煙していたら、もう吸いたくなくなった。その頃になって、僕の奥様とか、仕事場の仲間が気づき始めた。「あれ、煙草吸っていませんね」ときかれるので、「そういえばそうだね」と受け流していたが、そのうちに、「森は禁煙している」と言われるようになった。そうなると、「禁煙しているの?」と尋ねられるのだが、もう禁煙は終わっているので、どう答えて良いのかわからなかった。

このまえ、僕の小説で、ある登場人物が他者から「煙草は?」とすすめられて、「いいえ、禁煙したので」と断る場面を書いたら、読者からもの凄い反響があって、「ついに○○が禁煙したんですね！」「まさか禁煙するとは驚きました」という声が多数届いた。しかし、実はその作品の以前から禁煙をしているのである。僕は、それを「書いたつもり」だった。つまり、煙草を吸う場面を書かないことで、それを「書いた」のだ。でも、実際に「禁煙しました」という言葉にしないと、禁煙したんだとは認識されない、ということがわかった。それくらい、他者から観れば、どうでも良いことなのだろう。

そもそも、「禁煙しました」という言葉があっても、本当に禁煙したかどうかはわからない。隠れて吸っているかもしれない。独白ではなく、単なる会話なのだ。読者は、トリックを見抜く鋭い観察眼を持って小説に接しているはずなのに、こういうことは疑わないのだな、と不思議に感じた。

僕は、禁煙したあと、試しに、三回くらい煙草を吸ってみた。久し振りに吸う煙草はとても美味かったが、それでも、喫煙者に戻ることはなかった。ここ十年くらいは一本も吸っていないし、吸おうと思うこともない。

どんな習慣も、絶対にやめられないというものは僕はないと思う。意志というものは、それくらいの力はある（薬物などは、この意志自体を破壊するものだ）。禁煙は、なにも特別ではなく、驚くほどのことでもない。

13 選挙というものは、民主主義の基本となるシステムだ。

今の日本人は、生まれたときからほぼ公平な選挙があった。ほんの少しまえには、女性に参政権がなかったり、税金を納めていないと投票できなかったりした。世界的にも、大人ならば誰でも一票を投じることができるという選挙のシステムが広く普及しているようだ。

当然ながら、選挙をすれば良い社会になるかどうかはまた別問題である。それも世界の歴史が証明している。ほとんどの独裁者は選挙で選ばれている。大勢が間違える、ということは実際にあることだ。

それから、金を沢山出した者には、その金額に応じて意見が通りやすくする、というのが、この選挙の対極になるシステムで、賄賂《わいろ》などがそれに属する。また、ＣＤを沢山買った者はその分沢山の票を投じることができる、というのも一種の賄賂である。どこかのアイドルグループがやっていることだが、このシステムは、違法にならないのか、とときどき考えるが、まあ、どうでも良いという方へ気持ちが大きく傾くので、深く論じるつもりはない。あれは、株主総会かもしれないし。

選挙ではないが、ネットの普及によって、投票や集計が手軽でしかも迅速に処理できるようになった。ニュースについても、みんなの感想がすぐにわかる。レスポンスが直接受け取れる。ただ、ここでも、そのレスポンスが正しいかどうかはわからない。大勢が感じたことが正しい認識であることは、むしろ稀《まれ》で、多くの人が、感情的になっているし、なによりも煽動《せんどう》されていることに気づいていない。

自分の中でも、これに似た現象が起こる。自分にもいろいろな人格があって、判断を迫られたときに、統一が取れないことがあるだろう。ある自分は賛成だと言い、別の自分は反対する。「迷う」というのは、そういう状況のことだ。このとき、多数決を取って、というような感覚は普通はない。ただ、考えて「気持ち」で決めてしまうだろう。それとも、自分以外の他者に相談して、その意見を参考にすることもある。

このように外部の人間になると、多数決的な判断ができる。それでも、結局は、感情的な票に知らず知らず重みがかかる。これは、CDを沢山買った者の票数と、原理的には同じだ。そういう「勢い」を評価することになる。公平な選挙ではない。自分の中で、自分を説得するリーダが現れれば、その意見にみんなが流されるかもしれない。自分の判断がどのように行われるかを、たまには考えよう。

14 ただいま森家は電話がつながりにくくなっております。

先日、ある買い物をしたところ、明らかな不良品が混在していたので、それをメーカに連絡しようと思った。大して高価なものではないから、買い直せば良いのだが、そういう不具合があることを知らせれば、メーカにとっても利益があるだろう、と考えてのことだ。クレームを言うつもりはなく、代金を返してほしいとも思っていない。

製品に電話の連絡先があったので、そこへ電話をかけた。ところが、全然つながらない。「ただ今つながりにくくなっております」という音声が流れる。どうやら、電話係が持ち場を離れているということらしい。時間を置いて、三度くらい試しても駄目だったので、諦めようと思ったが、ネットで検索したところ、HPがあって、そこに問合せメールアドレスが掲載されていた。そこで、これこれこういう不具合がありました、とだけ書いた。入力フォームに電話番号を書かないと送れないようになっていたので、しかたなく電話番号も書いた。

　すると、夜になって電話がかかってきた。僕は、普通は電話には出ない。だから、二回ほどベルが鳴るのを無視していた。どうせ間違い電話だろう、と思うだけである。しかし、三回めには、何だろうと思ったのと、電話に手が届くところにたまたまいたので出ることにした。すると、そのメーカからだった。話を聞くと、「申し訳ありませんでした」ということが言いたいようだ。「はい、そうですか、では……」と電話を切ろうとしたが、どうも話がなかなか終わらない。品物を交換するから、送り返してほしいと言う。そんな面倒なことはしたくないので、べつにかまいません、と話した。返金もいらない。しかし、相手は、こちらがもの凄く怒っているのだと勘違いしているようだ。とにかく、クレームではなく、こういう不具合がありましたよ、と知らせただけだ、と説明をして電話を切った。

　しかし、それ以外に言いたいことがあった。つまり、メールを書いたのだから、メールで応えてもらいたい、と。そちらは、電話に出なかったではないか。それなのに、夜に電話をかけてくる神経はいかがなものか、と。電話ならば、すぐにつながると思ったのだろうけれど、この感覚は少し古い、と思われる。

　メーカは、もう電話対応などやめて、メールを主体にすべきだ。日本人って今でもファックスを使っているんだって、と世界から見られているのを知っていますか？

15 才能の差のせいにした方が、人に優しい。

「やればできる」「何事も努力なくして成功はない」という信仰が、人間の社会、特に日本の社会にはびこっている。学校でも、スポーツ界でも、このように語られる。つまり、成功したのは才能のせいである、という分析をしようとしない。子供にも、生まれつきの能力の差がある、とは教えない。

本当は、誰もが「大部分は才能や運のせいだ」と認識している。そう思っていても、子供には、そんな身《み》も蓋《ふた》もないことは言えない。だから、「努力したおかげであなったんだよ」と語りたくなる。けれども、これを真に受けて努力をした子供が、結局は才能の差で負けたりするのだ。このとき、子供は自分の努力が足りなかったせいだと思い込む。これは正しいことだろうか。

才能のせいにするのは、ある意味では「優しい」言い訳になる。一方、努力のせいにする方が、「残酷」だ。ここに注意をした方が良い。

本当に大切なことは、「努力」にこそ価値があるという点であって、これは、才能があってもなくても、まったく平等に授かることができる。好運にも不運にも影響されない。ただ努力をする自分に手応えや満足を感じられる。成功しようが失敗しようが、勝とうが負けようが、努力をしたことの方が大事だ。ただし、そんなのは自己満足であって、結局負けてしまえば、人からは評価されない。

すなわち、最後はこの「人の評価」というものの差になるのである。そんなものは大した価値ではない、と思えるだけのしっかりとした自分がいれば、努力は楽しいものになる。それが信じられない人には、努力は虚しいものになる。

他者からの評価か、自分の評価か、いずれを基準としているかで、人間は二通りに分かれるように思える。ざっと見たところ、八割か九割の人が、自分よりも他者の評価に重きを置いているように観察される。そうなると、いくら努力をしても結果を出さなくては認めてもらえない。負けたら、なにも残らない。こういう人は、自己満足のことを「単なる自己満足」と否定するのである。「単なる他者評価」で満足できる方が、傍《はた》から見ていると滑稽ではあるが。

いずれにしても、才能と運によってかなりの部分で差が出る。もともとハンディがあるから、努力を少々したところでひっくり返すことは難しい。しかし、それでも努力をすることは楽しい。自己満足こそが、「幸せ」に相応《ふさわ》しい感覚である。

16

他者に対する欲がない。欲はいつも自分に向かっている。

欲がない、というのは良いことだろうか。僕は、自分で自分のことを「欲が深い」と分析しているのだが、ただ、僕の欲というのは、自分に対する欲求がほとんどであって、他人に対する欲求というものを滅多に抱かない。これは、前出の、他者の評価に関心がないため、必然的にそうなるのである。

たとえば、他者から金をできるだけ取りたいとは思わないが、自分からはできるだけ取りたいと思う。他者にしてもらいたいことは、今のところ何一つ思い浮かばないのだが、自分にしてもらいたいことは山のようにある。「そこまで欲深く考えるな」と自分に対して思うことがしばしばだ。

金を儲けたいと思ったことがあるが、それはすべて自分の自分だけの楽しみに金が必要だったからで、人に自慢するための金は一切使わない。まあ、せいぜいポルシェを買ったことくらいだろうか。あれも、子供のときからポルシェが好きで、プラモデルも作ったし、本も読んで研究してきたから、自分で自由になるポルシェが一台ほしかっただけだ。フェラーリとかランボルギーニとかにはまったく興味がない。人に見せるためのものではなかった。せいぜい、その程度のものだ。

このまえ、お金が沢山あっても使い道がない、という話をしたら、友達が「自家用ジェットとか買ったら？」と言ったのだが、しかし、そんなものを買ってどこへ行くのか。自宅の庭に飛行場は作れない。べつに行きたいところはないし、行きたいところは既に行った。だいたい、自家用じゃなくてもジェット機には乗れるし、そんなに乗りたいとも思わないのである。

自家用ジェットを持っている人間というのは、たいていは、会社の金でジェットを買い、経費として落としている。趣味で持っている人間は極めて少ない（数人くらいしかいないのではないか）。仕事に使えるから、経費に認められる。だから、黒字を減らし、税金を免れる。そういうのは、「欲」とは思えない。単なる「知恵」だ。

それだったら、誰も見ていない山奥で、自分一人でジェット機のラジコンを飛ばしている方が「私欲」で素晴らしい。せいぜい数百万円の浪費だけれど、会社の金ではない、自腹である。どちらが豊かだろうか。人に見せないというところが奥床《おくゆか》しいではないか。本来の「物欲」とは、自己満足でなければならない。見せびらかして自慢ができる、といった「欲」は、現実の貧しさが生む幻想なのだ。

17 森博嗣はこういうのが好きなんだ、とよく言われるもの。

いろいろある、たとえば、飛行機、鉄道、事件、議論、なぞなぞ、回文、パズル、奇術、お金持ちの令嬢、気の強い女性、などなど。これらは、僕の小説に登場するアイテムである場合が多い。だから、作者の森博嗣の好みによるものだ、と誤解されている。今挙げたもののうち、僕が本当に好きなものは一つもない。嫌いというほどでもないが、興味がない、といった方が当っている。

これは、作者は自分が「好きなもの」「書きたいもの」を書いていると読者が感じている証拠である。何度もそれを出すと、「森博嗣はよほどこれが好きらしい」と思うようだが、実はそうではなく、僕は、「みんなよほどこれが好きなんだな」と思って書いているのだ。たびたび登場するものは、例外なくみんなが望んでいるものである。

ただし、これは、小説の場合に限られる。エッセイなどは、むしろ、みんなが避けているものを狙って書いているから、どちらかというと、「それは言わないでほしい」と感じるのが素直な受け止め方だろう。いずれにしても、自分の主張、言いたいこと、好みを前面に出すことは、僕の場合はあまりない。鉄道に興味がないことは、このまえ書いたばかりだ。特に、実物の鉄道にはまるで関心がない。既に三年近く、鉄道に乗っていない（庭を走る自分が作った鉄道は除く）。

読者にしてみると、自分が面白いと思った部分を、作者も好きであってほしい、という気持ちがあるのだろう。好みが同じだと嬉しいと感じる人が多いからだ。これも、僕の感覚とずれている。僕は、好みが同じ人に特に興味はない。好みが違う人の方がどちらかというと得るものがあるので、知合いになる価値がある。これは、もう何回も書いているところだ。

だいたい、僕は何が好きなんだろう？　自分でもそれを精確に把握しきれていない。毎日ころころ変わるし、いつも好きなものを探している。これが大好きだと決めつけたら、面白くないのではないか、と感じている。まだまだもっと好きなものに出会えるかもしれないのだから、これが一番好きなんて決めたくない。そういうものを決めてしまうと、その分新しいものを探す目が曇る恐れがある。

なんでも、今目の前にあって、自分がそれに向かっているなら、それが今は一番好きなものになる。明日は明日の風が吹く。そういうものでは？

18 夏目漱石はラノベか。

ラノベというものが、どんな範囲の小説を示す用語なのか、判然としないが、たとえば、森鷗外《もりおうがい》に比べたら夏目漱石《なつめそうせき》はラノベだとは思う。僕は、生きていない日本の作家では、森鷗外と吉川英治《よしかわえいじ》がわりと好きだ。夏目漱石は、三作くらいしか読んでないので、よくはわからないが、今ひとつ良さが理解できていない。僕の父は、小説を若いときによく読んだ人で、どんな作品名を挙げても、たいていあらすじがすらすらと言えた。父は、夏目漱石が文章が綺麗だと話していたが、僕は森鷗外の方が文章美が顕著《けんちょ》だと思える。

僕の場合、中学でも高校でも「漢文」という授業があった。「国語」という授業はなくて、「現国」「文法」「古文」「漢文」の四つだった。それぞれ先生が違う。これは、時代が古いからではない。僕の通った学校に古い伝統があったからだ。僕の同年でも公立の中学へ行った友達は「国語」しかないと話していた。

それで、国語の中では、「古文」や「漢文」が好きだった。「文法」は、どうでも良かった。「現国」は大嫌いだった。というのは、「古文」や「漢文」は内容が面白い。吉田《よしだ》兼好《けんこう》とか論語なんかが面白い。面白ければ理解したくなる。それに比べて「現国」のつまらなさといったらなかった。それだけの話だ。

漢文が一番好きで、自分で日記を漢文で書いたりしたことがある（古文で書いたこともある）。ほとんどパロディだったが。この漢文というのは、文字は中国の言葉だが、読むときは日本語になって、それがなんとも格調が高い響きになる。こういう経験を積んだため、森鷗外の文章美が感じられるようになったのだと思う。もうすっかり忘れてしまったけれど。しかし、まさか自分が小説家になるとは考えてもみなかった。多少なりとも役に立っているだろうか（一パーセント以下だろう）。

さて、音楽には「軽音《けいおん》」というものがかつてあった。これは、クラシックではない新しい音楽、つまりジャズやロックやそんな現代のポピュラ・ミュージックを示した言葉だ。クラシックよりも短いし、歌詞があるものが多くわかりやすい。だから、世界中に広まったのだ。この「軽音」の「軽」がつまりライトノベルスの「ライト」と同じだろう。会話が多く読みやすく、絵があってわかりやすい。それに比べると、それ以外の小説は、だんだん古典になるわけである。ライトノベルスから「ライト」が取れる日が、いずれ来るように思える。

19 正式文書では西暦にしてもらいたい。

これは、だいぶまえから書いていることだ。平成になったときに、西暦になるのでは、と期待していたのだが、まだ頭の固い人が多いようである。

たとえば、今年が何年か、ということが西暦ならすぐ思い浮かぶが、平成何年かは出てこない。僕は毎日のように、契約書とか承諾書とかにサインをしなければならないのだが、そこに年月日を書くところがあって、「平成」という文字が既に活字になっているのだ。この頃はそれをわざわざ線で消して西暦で書くこともある。だって、何年か思い浮かばないからしかたがない。それで、向こうから送られてきた別の書類を調べると、そこは西暦で書かれていることが多い。つまり、サインをする書類だけが年号になっているのである。不統一極まりない。

日本には、今は外国人も多いのだ。どうして西暦にしないのだろう。昭和何年生まれなら、今年は何歳になるのか、といった計算も面倒だ。それから、免許証や車検のシールもいったいいつ書き換えなのか考えてしまう。とにかく不便だ。三十五年払いのローンの表を見ると、昭和九十五年まで支払いがあると記されていた。今年は昭和でいうと何年だ？　なんてことになる。

べつに、天皇制に反対しているわけではない。もうすっかり日本の文化になっている。伝統を重んじることは大事だと思うけれど、もしそうならば、西暦を一切使わないように統一すれば良いではないか。混ざっているからわかりにくい。

年月や時間については、西洋の文化に倣った。長さや重さの単位も世界的な統一が必要だと思う。そういう当たり前の便利さになって、「平成」しか使うな、という姿勢が間違っている。人によってどちらでも良い、というのが正しい。だから、どうしても年号で書きたい人は「平成」で書けば良い。西暦が駄目だ、という正式文書のルールが困る。せめて、両方書いたらどうか。

本当のことを言うと、漢数字もわかりにくい。たとえば今年は、西暦二千十四年なのだが、普通はこうは書かない。二〇一四年なんて書くのだ。これって漢数字を算用数字のルールで並べている和洋折衷《わようせっちゅう》ではないか。こういう変な書き方を誰が思いつくのだろう。まあ、縦書きだからしかたがないのかもしれないが、横書きでもそう書かれているものもある。いい加減に全部横書きにしたら良いのに、と思える。新聞って今も縦書きなんだろうか？（読んでいないので知らない）

20 人に嫌われる覚悟が、人生の活路になることがある。

他者に好かれたいという気持ちが、人間の最も弱い部分だ、ということは既に何度も書いている。これは、人に嫌われることをしろ、という意味ではない。好かれるか嫌われるか、という想像をするな、という意味でもない。その想像はしないつもりでも自然にしてしまうだろう。しかし、嫌われても良いからしなければならないことがときどきある、ということである。当たり前の話だ。

もう少し掘り下げて言うと、嫌われる覚悟とは、他者に嫌われることの「普通さ」を知ることにほかならない。人から嫌われることは、異常ではない。普通のことだ。間違ったことをしなくても嫌われることはある。誤解されて嫌われることもある。自分にまったく落ち度がなくても嫌われることがある。生きているだけで、存在しているだけで、誰かからは反感を買うのだ。面倒くさい奴だな、くらいの小さな嫌われ方など、日常茶飯事だ。殺してやりたいくらい嫌うというのは、滅多にないだろう。ここまで嫌われると、多少は考えた方が良いかもしれない。

たとえば、日本人というだけで嫌われることだってある。会ったこともないのに、嫌うことができるのだ。人間というのは、そういうことができるのである。

だから、嫌われるなんてことは、それほど重大な問題ではない、という場合が多いという認識を持った方が良い。もちろん、嫌われるよりは好かれる方が、多少、ほんの少し、僅《わず》かに良いことは確かかもしれない。でも、本当に僅かの違いである。好かれたって、よほどの好かれ方でないかぎり、具体的な利益は望めない。つまり、軽い好き嫌いは、いうなれば好印象や悪印象くらいの気持ちの問題、もっと言えば「気のせい」のレベルだと思えば良い。

商売で儲けたり、事業に成功したり、勝負に勝ったり、というのは、ようするにその代償として嫌われていることといっても良い。搾取《さくしゅ》された側からは恨まれる行為だ。ただ、気づかない場合が多いだけで、これも、気持ちの問題である。

そんなことよりも、ずっとずっと大事なことは、自分に嫌われないことだ。自分の考えに対して誠実に行動すること、これは別の言葉にすると「自由」だ。そのために、多少周囲の他者から嫌われても、それはしかたがない。嫌う人もいれば、好いてくれる人もいる。嫌う人も好いてくれる人もどちらもいない、どっちつかずの人生よりは良い状況だと、僕には思える。

21 国会中継するなら、野次をやめてほしい。

なにか変な伝統があるのだろう。スポーツの応援のようなものかもしれない。しかし、議会というのは、意見を述べ合い、議論をする場である。一人が意見を述べているときに野次を飛ばすのは、どう考えてもおかしい。下品であることはまちがいないし、それは相手の意見を聞かないという人権の侵害にもなる。議員という職にある人間がすることではない。ルールを決めて、野次を一言でも発したら、免職にするくらいしても良いだろう。そういったルールを決めないといけないのも情けないが。

これを書こうとしていたら、都議会での女性議員へのセクハラ野次がニュースになっていた。セクハラは問題外だが、何故誰も「そもそも野次はいけないことだ」と発言しないのか。基本的な部分で許している、その甘い姿勢が根源だと思われる。

国会中継に戻るが、ああいう下品なやりとりをよくNHKが流しているものだと驚くばかりだ。もっと静粛《せいしゅく》に、相手の立場や人格を尊重した意見のやり取りができるはずだ。国会というのは、日本の最高の場なのだから、子供たちに見せても恥ずかしくないものにしてほしい。国会議員だったら、それができないはずがない。

このままで、国会で殴り合いがあった。最近少なくなったようだが、押し問答みたいなことがある。また、発展途上国になるほど、こういった議会の暴力沙汰があるようにも報道されている。これと同じように、暴言もまた非常に遅れている人間のすることで、それだけで議員の資格を剝奪《はくだつ》すべきだろう。

たぶん、裁判になると、マナーが守られているように思う。議会ではどうして静粛にできないのか、不思議だ。やはり、市民に選挙で選ばれた議員というのは、単なる人気商売で成り上がった下品な人たちなのだろうか。そう思われてもしかたがないのが、あの野次である。

振り返って見ると、大学における会議では、一度も野次を聞いたことがない。意見の対立があっても、紳士的な言葉で議論ができていた。言葉は、汚いものが強いわけではない。言葉の意味、つまりは論理で優劣を決める、それが議論である。

芝居やスポーツで応援の言葉を叫ぶのとは、だいぶ意味が違う。海外の議会でも、野次はあるようだ。また、皮肉を交えて相手をやり込める、という物言いもテクニックとしてある。たぶん、何百年もまえからの伝統だろう。けれど、発言者以外は、黙っている方が上品だし正しい。異論があれば、あとで意見を述べれば良い。

22

難度の高い問題を考えることは簡単である。

大学の入試問題などを作る委員を何度か経験した。ほとんど数学である。自分の専門分野の試験は、みんなその分野の先生が問題を作るのだが、数学を専門にしている先生がいるのに、何故専門でない僕などが委員にさせられるのかよくわからなかった。ただ、数学は誰でもが問題を作ることが簡単な教科ではある。たとえば、歴史の問題などは、僕は作れない。平清盛《たいらのきよもり》が実在したという証拠を僕は持っていない。史実をどうやって確かめるのか、わからない。入試というのは、間違いがあってはならないのである。

難しい問題はとても簡単だ。いくらでも難しくできる。それに、難しい問題ほど採点が楽だ。ほとんど零点になるから、あっという間に多数の答案を処理できる。簡単な問題ほど、作るのは難しく、解法も多くなって採点が面倒になる。

ミステリィを書くようになったが、トリックとか犯人当てとか、そういったクイズ的な要素が小説の中に含まれているので、ある意味では試験の出題に似ている。ただ、難しい問題を出すと、読者は怒る。「こんなのありか？」と非難される。しかし、簡単な問題を出しても、「手応えがない」と言われるので、どちらにしても、褒《ほ》められるようなことは滅多にない。どちらかというと、読者を「解けたもんね！」と喜ばせる方が、次の作品を読んでもらえるようだ、ということはわかった。

簡単な出題が難しいと書いたが、小説ならばさほどでもない。なにしろ、物語の中でいくらでもヒントを出すことができる。だらだらと問題が長くなっても良い。それから、登場人物を少なくして選択肢を減らせば、自ずと犯人の目星はつく。森作品の読者が「簡単だ。犯人がすぐわかった」とツイッタなどで自慢しているのを見ると、「そりゃあそうだよね、ほかにいないものね」と相槌《あいづち》を打ちたくなる。

ミステリィは、数学のような厳密性もなく、論理性もない。正解などないのだが、なんとなく言葉に流されてわかったような気分にさせるのだ。その「わかったような気分」になりたい人が読むものだが、僕は「わかったようにさせない」ミステリィを、アンチミステリィだと自分で定義している。そういうものも、書くのが難しいわけではない。ただ、「わかったようにさせない」でしかも「面白さを感じさせる」あるいは「次の本を手に取らせる」ことは、非常に難しい。そういう難しい問題に取り組むことが、作者としての面白さになっている。

23 みんなが褒めてくれたのは、僕の足跡です。

僕の周囲が僕のことを褒めたり、貶《けな》したりするのだが、実はそれは僕自身のことではない。僕が成したもの、仕事の成果や作品に対してである。それらは、今の僕の状態ではなく、それを成した結果に対する評価だから、当然ながら例外なく過去のことなのだ。つまり、僕の足跡をみんなが褒めたり、貶したりしている、といえばわかりやすいだろう。しかも、その足跡は、たった今、僕の足が地面から離れたという新しい足跡ではない。ずいぶん以前に、そういえばそこを歩いたかな、というくらい昔の足跡なので、本当に僕の足跡なのか、と自分でも思ったりするくらい、今の自分からは遠い存在だ。

そういうものを褒められても、現在の僕が歩こうとしている道にほとんど影響しない。そこまで戻って、もう一度歩いてみる気にはならないし、今さらその歩き方をすることもできないかもしれない。

僕が興味を持っているのは、今の自分である。今、僕はどこへ向かおうとしているのか。今僕はどう歩こうとしているのか。それをいつもいつも、ずっと考えて歩いているのである。それは、今足を持ち上げて、これから少し先の地面に向かって下ろそうとしている片方の足である。その動きに僕は集中している。その足は、まだ足跡を地面につけていない。だから、誰にも評価はされない。そのこれからの一歩の重大さに比較して、ずっと以前の足跡の具合を人から言われても、それほど気にならない、という道理はわかってもらえるだろうか。

でも、多くの人は、人から過去の足跡について言われることを、もの凄く気にしているのだ。気にしすぎて、立ち止まってしまい、歩けなくなっている人も多い。一歩進むごとに、自分の足跡がどう評価されるのか、と振り返って見ている。誰かなにか言ってくれないかと待っている。褒められたら、同じ足跡をまた踏もうとする。貶されたら、同じ歩き方をしないように注意するあまり、やっぱり歩き方がおかしくなっている。

立ち止まって待っているのもべつに悪くない。でも、そんなことよりも、自分が行きたいところがあったのではないのか。だから歩いていたのではないのか。

本当の天才というのは、きっと地面に足跡をつけないのではないか、と僕は思う。誰にも評価さえされない。凡人の見る視線が低すぎるのである。

24 本を読んでも、自分を知ることはできない。

本を読むことでわかるのは、「他者の知」である。人を知ることができる。情報とは、自分の外側にあるもので、それを自分の中に取り入れる。しかし、いくら沢山の知を取り込んでも、自分を知ることはできない。それは、「小説の書き方」という本を読んだあとに、小説を一作書いてみればわかる。試してみると良い。

ただ、小説を一作最後まで書ききると、確実に自分というものがわかる。自分のすべてではない。自分の一部だ。しかし、よくわかる。「ああ、自分はこんなふうだったのか」と感慨を覚えるだろう。小説が書けなくて、自分の能力不足を思い知ることになるかもしれないが、それでも、能力が不足している自分を知ったことにはちがいない。知らないよりは以後ずいぶん有利になる。

自分の中の情報は、非常にわかりにくい。肉体という物質的なものであっても、「体調」としてぼんやりとしか感じられない。まして、頭脳の状態、精神の状態というのは、把握が難しい。それを知るためには、学ぶことはほとんど無力だ。これは、体調を知るために、食べたり飲んだりするのと同じで、むしろ体調を崩すこともある。そうではなく、自分の状態を知るには、なんらかの出力をするしかない。一番簡単なのは、なにかを作ってみることだ。

何故自分を知らなければならないのか、というと、人生というプロジェクトに自分が関わっているから、という当然の答しかない。自分を知らなければ、計画が立てられない。計画などいらない、行き当たりばったりで生きていく、という人は、知る必要はないかもしれないが、計画をしないものはプロジェクトではない。大きな成果も望めず、なによりも楽しめないだろう。何故なら、楽しみというのは、自分が考えたプロジェクトの達成のことだからだ。

短歌の本を読めば、他者の短歌を知ることができる。自分で一首でも作ってみれば、自分の短歌を知ることができる。これは、作るしかない。世界のどこにもないからだ。これと同じように、自分の人生は、世界のどこにもない。似たものを探しても、自分に向いているのか、自分の能力で可能なのか、と不安になるばかりだろう。

それよりも、小さなものを試しに作ってみる。なにか一つ生み出してみる。そうすることで自分の力がわかる。その力の使い道もわかってくる。自分を知ることが、いかに楽しいことかも、だんだんわかってくるのである。

25 たまに整頓をすると、捨てたもんじゃない、と思う。

このまえ、書斎の整理整頓をした。奥様が自分の部屋の模様替えを始めたので、それにつられた形だ。床の半分が、ここ数年で出版社から送られてきた見本の山で占領されていたので、これらを箱に入れて倉庫に仕舞った。棚の本も並び替えた。次に、ホビィ・ルームの床を占領しつつあった機関車も整理した。同様にガレージにも整理の範囲が広がった。工作室も片づけた。

こうした整理をすると、捨てる物が沢山出てくる。余計なものを溜め込んでいたわけだが、最初から余計なものだとわかっていたわけではない。それだったらすぐに捨てられる。いるかいらないかわからないから、そのまま保留していたのだ。時間が経ったことで、たぶん役に立ちそうにないと見切りをつけられるようになる。ようやく諦められるわけである。これらを潔く捨てて、まだ未練があるものは仕舞っておく。その次の整理の機会には、捨てられる可能性が高いが、万が一にも、取っておいて良かった、と思える機会があれば、非常に嬉しいものだ。そんな嬉しさを想像すると、なかなか捨てられない。

ところで、部屋が片づくと、そこには自分が残っている。自分はまだまだ捨てたものではないな、という気分になる。周囲が片づくと、相対的に自分が少し生き延びた感覚が持てる。これが、整理をする価値だと僕は思っている。面倒かもしれないが、ときどきやる価値はある、ということだ。

ただ、やはりときどきで良い。毎日整理をしていたら、ほとんどそれが生活になってしまうし、インターバルを短くすると、判断がつかないものが増えるように思える。僕の場合は、である。

実は、研究室では、僕はけっこう整理をしていたのだが、僕の上司はもっともっと整理をする人だったし、僕の部下は全然整理ができない人だった。両者を観察してみたが、どちらも僕よりも理路整然としていた。僕が一番曖昧《あいまい》な思考をするように感じた。ようするに、頭の中と部屋の片付けは、まったく相関がない、ということだ。

同様に、部屋を片づけても、思考がクリアになったり、思考が捗《はかど》ったりはしない。ただ、なんとなく、そう、理由もなく、やる気が出るだけだ。ほんの少し、ものを探す無駄な時間が短縮できるだけだ。それよりも、忘れていたものを見つけて喜ぶことの方が大きい。忘れていた自分を責めることもせずに。

26

「難しい」にもいろいろな意味があるようだ。

オタクはみんな読めるのに、一般には難読とされている名字に、「小鳥遊《たかなし》」が挙っていた。でも、ワープロではちゃんと変換するくらいにはメジャらしい。小鳥遊は、一度理由を聞いたら覚えられるから、記憶はさして難しくない。つまり、読み方が難しいというよりも、知らない人が多い、というだけのことである。

たとえば、「服部」は、「ふくべ」ではない。これを「はっとり」と読む理由を誰か説明してもらいたい。こういうのが難読ではないのか。ただ、服部さんが多いから、知らず知らずに覚えるだけのことだ。読み方の理由がわからないだけ、小鳥遊よりも難しいことは確かだと思う。「大和」などは、「やまと」と読むことは想像を絶する。日本の昔の言い方だという理由はわかるが、それがどうして「大」と「和」なのか説明してもらいたい。そもそも、何故日本のことを「和」というのか。「和風」ではなく、「日本風」といえば良いように思えるが、字が一つ増える。

一般に、「難しい」という表現を、「知らない人が多い」の意味で使うことがけっこうある。あまり知られていない、というのは、難しいからでなく、その情報がマイナだからだ。理解が困難だとか、覚えにくいというのが、本来の「難しい」である。知らないのは、知らないだけの話だと思うのだが、いかがか。

人に対しても、難しい人だ、という表現をよく耳にする。森博嗣は難しそうだ、なんて言われることがある。作品が読みにくいという意味か、それとも作者の性格を評しているのかわからないが。作品は、読みやすいという評価をよくいただくので、たぶん、作者のことを想像しているのだろう。

人間が難しいというのは、その人が友好的ではない、という感じか。なかなか認めてもらえない、つまり取り入るのが難しい、その困難さを言っているものと思う。僕は、自分は難しいとはあまり感じない。僕の奥様の方がずっと難しい。何を考えているのかわからない。僕は、考えていることを言葉にするので、その言葉さえ理解できれば、わかってもらえると思うのだが、こんなふうに理屈を捏《こ》ねるから、どうしても難しいという印象を持たれてしまうらしい。人間というのは、難しい。

難問、難事件、というのは解決が難しい、という意味だが、解決が難しいかどうかは、解決したときにわかる。解決ができないうちは、難しさはわからない。犯人が名乗り出てきたら、難事件ではなくなってしまうのだ。

27 「ノリ」というのは、調子に乗ること。

このまえ、ツイッタで、「電車が事故で止まっている。もうこのノリで帰宅しよう」と呟《つぶや》いている人がいた。これは、「鉄道が不通なので仕事にいけない。これを理由にして帰宅しよう」という意味だろう。この場合、「ノリ」は変ではないかと思う。特に電車が動かないのに、何に乗るのか、と不思議に思ってしまった。仕事に行けないのは悪い状況だが、自分はそれをとても嬉しく思っている。そのノリのことを言っているのかもしれない。なかなか深い物言いともいえる。

同じように、若い人が、「このノリで」を使っているのを聞いたり見たりしている。いずれも、「このついでに」という意味に取れた。たとえば、「銀行へ行く用事があったので、そのノリで書店に寄ってきた」といった感じだ。どうも、「ノリ」というと、「勢い」のようなものを感じてしまい、銀行に行くことがもの凄く嬉しくて、その楽しさ余って書店にも入ってしまった、というように受け取れる。たぶん、そうではないだろう。

タクシーに友達と乗って、運転手に行き先を説明するときにも、「まず、渋谷へ行って下さい。そこで一人降ります。そのノリで、池袋《いけぶくろ》へお願いします」みたいに言ったりするのだ。そう言われると、タクシーの運転手も武者震《むしゃぶる》いがするのではないか。事実、車に乗っているのだから、みんなノリノリなのだ。酔っ払っているなら、そのとおりである。

タクシーで思い出したが、「このノリで」というのは、つまり「便乗して」という意味もあるのかもしれない。景気回復のノリで株に手を出す、みたいな用法か。

人間は、機械に比べると、「ノリ」で動くのが基本的だともいえる。やりたくなくても、やっているうちに「ノリ」を摑《つか》むことができる。このまえの本に、「なにも手がつかない状況とは、なんでも良いから手をつけた方が良い状況のことだ」というのを書いたが、今でもツイッタで毎日引用されている。これも、とにかく手をつければ、「ノリ」が自然にやってくる、という意味だ。

しかし、間違えた引用も多く、「なにも手がつかないときは、なにに手をつけても良い」と書かれているものもあった。べつに良いけれど、森博嗣はそんなことは書いていない。意味がだいぶ違う。違いがわからない人は、国語の能力に難がある。こんな誤解でも、そのノリでリツイートされるのだから、森博嗣は乗れない。

28

人生なんてものは、思いどおりにしかならないのだ。

自分が思い描いた可能性が上限だ、というのが僕の場合ほとんど当てはまる。これは、僕が悲観的なものの見方をするからだろう。たとえば、スポーツ選手なんかは、「自分を信じている」「目標は優勝です」と口にするが、僕は、「まあ、どう見ても予選敗退だろうな」としか思えない。すると、たいてい僕の言ったとおりになる。これは、本人よりも僕の方が精確に状況を捉えていることにならないか。だとしたら、変な話ではないか。

一般に、大多数の人は、自分に関して一番見誤る傾向にある。他人のことになると、けっこうシビアに可能性が予測できる人でも、自分の未来については願望が紛れ込んでしまう。願望が紛れ込むのは悪いことではないが、同じくらい心配も紛れ込ませてもらいたい。楽観と悲観で中和することで、客観視ができるのだ。

悲観をして予測を立て、余裕のあるスケジュールを組んでおくと、ちょっと躰がだるいとか、眠いとか、やる気が起きないとか、そういう理由を目ざとく見つけて、さぼってしまう。余裕があるから少しくらい大丈夫、と甘えるわけである。こういうことを自分に許せる人にとっては、そもそも余裕というものの意味がない。余裕はさぼるためにあるものだ、と考えているからだ。そして、自分でも薄々わかっていたとおり、結局はぎりぎりになる。ほらね、思ったとおりになったでしょう?

　ぎりぎりというのは、トラブルさえなければ、なんとかなる状況のことで、こういうときにトラブルが起これば、それはトラブルが悪い、と考える。そう考えられる人は、ぎりぎりを普通だと楽観できる。そもそもトラブルは自分のせいではない、と考えているからだ。そういう人の人生は、きっとトラブル続きで、ダメージを受けることだろう。何故なら、トラブルというのは、ぎりぎりの人にしか襲いかからない。それがトラブルというものだからだ。

　人生が自分の思いどおりになる、と考えている人は、けっしてそんな発言はしない。心配して心配して、トラブルに苦しんで、なんとか乗り越えてきた、と語るだろう。しかし、実はいつもどこかに余裕を見込んでいて、トラブルが起きたときに、それを乗り越えられる準備をある程度している。だから、思いどおりになるのだ。

　好運でも不運でも、どちらも、思ったとおりにしかならない。笑いたまえ。所詮、人生なんてその程度のものなのだ。

29 天才は突飛な人格だ、という幻想がある。

頭の良い人間が大勢集まる場所にいたためと、それに加えて、小説を書き始めて有名人と知合いになる機会が増えたため、僕は天才を何人も実際に知っている。その人が天才だということは、その人が成した仕事で理解できるわけだが、本人に会って話をすると、ああやっぱりな、と思う反面、どの天才も例外なく上品で、人当たりが優しく、とても良い人、常識人に見える。

一般に、天才というキャラクタは、何を考えているのかわからない、ちょっと突飛な行動を取り、わからないことを言い、周囲を困らせる人物、というように描かれることが多い。小説でもアニメでもドラマでも映画でも、だいたい同じだ。

このように演出されるのは、わからないでもない。何故なら、一般の多くの人たちは天才を知らない。そういう人物は、自分の専門には驚異的な能力を持ちながら、ほかのことではさっぱり、バランスに欠けている、と想像しがちだ。そう描いた方が面白いし、実際にも少数ながら、そういう人もいたにはいただろう（多くは、自分で天才を装った秀才であったはずであるが)。これに似たものに、「金持ち」がある。金持ちも、ドラマなどでは少し困った人間に描かれるが、実際にはまったくその逆である場合がほとんどだ。金持ちほど、相手に気を遣い、礼儀正しいし、偉そうな態度を絶対に見せない。

たとえば、頭が良くて、どんな学科も常に学校で一番を取る、というような生徒は、運動神経が悪い、ということもない。僕が知っている天才は、たいてい、頭も良いし運動神経も抜群だった。おそらく、同じ「神経」のレベルなのだと思う。それから、どの天才も、非常に相手の気持ちをよく察することができ、けっして人を困らせるような行動を取らない。言葉は丁寧で、相手にわかるレベルの表現を選んで話す。それだけの能力があるのだから、当然である。

つまり、天才は非常にバランスが取れているのである。人に突飛に見られる必要がそもそもない。目立たないようにしていても、結果や成果で目立ってしまうのだから、アピールする必要もない。穏やかで恥ずかしがり屋で奥床しい。自分に対して自信があるから、表向きはそのように振舞っているのだろう。その振舞い方がまた完璧なので、ボロを出すこともない。したがって、天才を装って、ちょっとおかしな言動を取ったりしても、全然無駄なのである。

30 子離れ、親離れが難しい現代。

子離れと親離れは、それぞれ親と子供の視点からの言葉だが、現象としては同じで、お互いに独立することを意味している。現代の日本を見ると、誰もが「つながりたがりすぎ」であって、本当にべたべたで気持ちが悪い。

このまえ、高校の教師が、担任である職場の入学式を休んで、自分の息子の入学式に出た、それを教育委員会が問題にした、というニュースがあった。ツイッタを見たら、ほとんどの人が、その教師に肩入れする発言をしていた。曰く「そんなの自分の息子の方が大事に決まっているだろう」というわけだ。

しかし、僕はそうは感じない。自分の職場を優先すべきだと思った。そもそも、高校生にもなって親が入学式に出席するなんて、僕には実に馬鹿げた行動としか思えない。行っても良いが、恥ずかしさを感じてほしい。幼稚園の学芸会か、せいぜい小学校の入学式までだろう。小学校の卒業式になったら、もう出る必要なんてない。これが僕の感覚だ。でも、おそらく多くの人はこれに反対することだろう。

　もし、犬の学校があって、僕の犬が入学式や卒業式をするなら、僕は見にいく。可愛いからね。しかし、子供は人間だ。人間としての尊厳を持たせたい。親の出る幕ではない。僕は、自分の子供たちの学校へ足を踏み入れたことは一度もない。そして、僕の子供たちは、そのことで僕を恨んだりしていない。そんなもの、どっちでも良いことだ、と考えているだろう。それを教えられただけでも有意義だった、と思う。出席しない、子供から離れる、ということが本当の愛情なのだ。べったりと一緒にいるというのは、親のエゴである。子供のためではない。犬じゃない。子供はペットではない。

　企業の入社式にも親がついていくところもあると聞いた。そのうち、職場でも参観日みたいな親が見にくる日が作られるのか。会社の運動会、社員旅行まで親がついていくのか。まあ、道徳的に悪い、とは言わないが、格好は確実に悪いだろう。

　高校までは譲歩するとしよう。しかし、大学は一人で行かせてほしい。入学式も卒業式もである。大学生はもう大人なのだ。親は、家を送り出すところまで。それで良いではないか。そうしないと、いつまで経っても子供離れできないだろう。子供離れをしないと、親離れもできなくなる。潔く断ち切る理性を持ってほしい。子供は親のものではない、という当たり前のことをときどき思い出すだけのことだ。

31 矛盾した思考は、むしろ大切である。

「あいつの言っていることは矛盾している」という言葉は、意見に反対するときによく出てくるものだ。これは、矛盾していることは悪い、という観念に取り憑かれているとそうなってしまう。しかし、矛盾が悪いということを論証できるだろうか？

具体的に策を練る場合、たとえば、なんらかの物体を作る、設計する、というような場合には矛盾は許容できない。そういうものは作れないし、機能しないからだ。しかし、意見や思考は、もっと柔軟性がある。きっちりと真偽が分かれるわけでもなく、また同時に複数の案や道筋が存在することもできる。

あるときは正しいと言い、別のときは間違っていると述べても、そういった矛盾は、一人の人間の口から出た意見として矛盾しているというだけで、実際には、ケースバイケースでいずれもが正しい判断であることが多い。すなわち、矛盾を恐れていたら、現実の判断を誤る可能性だってある、ということにもなる。

多くの場合、「解釈」とか、あるいは「例外的に」といった用語によって、言葉上の矛盾を避けることになる。そもそも、矛盾というのは、言葉による定義の問題であって、現実を言葉に表したときに失われるアナログの成分が原因なのだ。「言っていることが矛盾しているじゃないか」というお叱りに対する、身も蓋もない返答とは、「そのとおり、言わなかったら矛盾しなかった」であろうし、「矛盾しているのは、貴方が聞いた言葉だけだ」とも言える。

自分の中で思考するときには、矛盾しない論理は、同じようなタイプに属するので、大部分を捨てても良い。一方、矛盾する論理はすべて記憶に留め、大事に育てる。それくらい、矛盾から生まれるものは多い。研究をしているときにも、矛盾が切っ掛けで前進することが何度もあった。矛盾するからこそ、そこに注目できる。だから、矛盾する二つの論理は、いずれかが絶対に正しい場合以外は、いずれも捨て去ってはいけない。矛盾を抱え込むことが必要なのだ。

「矛盾」ではわかりにくいというなら「不思議」でも良い。不思議からいろいろなものが生まれる。まず、不思議を探すことが重要になる。

矛盾も不思議も、それについてじっくりと考えないと出てこない。それが出てきたら嬉しくなる。そういう素晴らしい矛盾、素晴らしい不思議というものを、まだ知らない人が多いみたいだ。ミステリィのようなフィクションでは見つからない。

32 TVの一番の欠点は、時間枠に囚われていること。

本だったら、もし売れなくても、元手がほとんどかかっていないから、さほど問題にならないが、TV番組は、金がかかりすぎて、視聴率が取れないと失敗になるようだ。そうなるのは、一日の放送時間が決まっていて、その中に収めなければならないからとか、コマーシャルも混ぜなければならないからとか、基本的なところに問題がある。最大の問題は、視聴者から金を取らないシステムそのものだろう。

もの凄く売れる本なら一年か二年に一冊出せば良いし、あまり売れないなら、森博嗣のように次々新刊を出して稼ぐしかない。ホームランかシングルヒットか、というような選択になる。今のTVはこういうことができない。視聴率が低かったらその分番組を増やせば良いではないか、とはいかない。でも、デジタルだったら、これができるし、有料放送やケーブルならば当たり前になる。インターネットも、これができている。TVだってそうなるしか道はない。

無料で放送して、CMを混ぜるという考え方は、ネットでも常識になったが、これも非常に無理がある、と僕は感じる。最初から、すべてを有料にして、受け手から集める方が洗練されている。広告に頼った集金をしているから、雑誌も電車も街も、もう全部広告で溢れ返ってしまった。効率が悪い分、広告を増やして、何度も繰り返して流すようになるから、鬱陶《うっとう》しさもうなぎ上りだ。

はっきり言って迷惑だ、と誰かが言わないといけないだろう。僕の周りから宣伝を消してくれたら、一カ月に三千円払っても良い、というような気持ちになる。

将来的には、電子マネーが一般的になるだろうから、課金も楽になる。ポイント制なんてわかりにくいサービスとかもなくなっていくだろう。

つまり、今のTVは、ビジネスの形態として既にもの凄く古い。僕は、新聞も雑誌も、古いとだいぶまえから発言している。不要なものまで混ぜていることが嫌らしいのだ。欲しいものだけを入手したい。それが普通の感覚ではないか。

今、TVに慣れ親しんでいる大衆は、それが自分の時間だと勘違いして、TV局の作った時間を買っているのである。自由を買っているつもりになっているが、実は、自分の自由も時間も失われている。とにかく、TVのスイッチを消してみる。そうすれば、そこに初めて自分の時間というものが現れ、どうしたら良いのか、という気持ちが沸き起こる。まさにそれが、人間の普通の時間感覚なのである。

33 家族とか夫婦とかに期待をするのは甘え。

友達とか友情というものに期待するな、というのは繰り返し書いているが、この頃は、家族、親子、それから夫婦みたいな関係にも、とにかく期待しすぎている人たちが沢山いるようだ。僕は今の奥様と三十年以上一緒に暮らしているのだが、はっきり言って、まったく考えが違うし、趣味も合わないし、言うことは理解してもらえないし、あまり親しくもない。それでも、かなりの部分で助けてもらっていて、感謝はしている。夫婦というのは血のつながりのない他人だし、それに異性でもある。こういう異質な人間が身近にいるだけで、学ぶことが多い。彼女と結婚して、我慢をした方が良い場合が多いことを学んだし、どんなに話し合っても、今一歩のところで言葉が通じないことも知った。人間というのは、そういうものなのだ。

ところが、もう一心同体のようにラブラブになるのが結婚の理想だと勘違いしている人たちが、特に若者に多い。そういう伴侶に出会えれば幸せになれる、と信じている。ほとんどそれが人生の目標になっている人さえいる。そういう人は、たぶん、理想の恋人と結婚できたとしても、そのうち幻滅して別れてしまうだろう。

こんなことを書いている僕でも、二十代のときには、愛することはお互いに心の底まで理解し合うことだと考えていた。だから、ちょっとしたことで喧嘩をしてしまう。どうしても価値観が違う。育ちも違い、知識も違う。これを同一にしようというのは無理なことだ。それがわかって、しかたがないな、と思うようになった。つまり、諦めたのである。そうすることが、ようするに夫婦円満という意味かもしれない。違う人間なのだから、そのように接することがお互いの利になる。利にならなくなったら、離婚するしかない。

いずれにしても、相手になにかを与えたい、という気持ちがあるうちは、「愛情」があるということだと思う。それは金でも良い、気持ちでも良い、労力でも良い。自分が与えられるものを無償で差し出したい、ということだ。それに対して、相手からもなにかをもらいたい、と考えてはいけない。無償で与えられなくなったら、それが愛の終わりである。ただ、そうしてお互いが与え続けることが、つまりは、愛が続くという意味なのである。ここがわからない人は、犬でも飼った方が良い。

親子の関係でもほぼ同じだ。そして、いずれにも大事なことは、あまり深入りしないで、適度に離れた関係を保つことだ、と僕は感じている。

34 一人で遊べる人は寂しいとは感じない。

一人だけで遊んでいる人を、「あいつは寂しい奴だな」と言うことがある。しかし、それはまったくの誤解だ。一人で遊んでいる人は、寂しさなんか感じていない。そうではなく、一人で遊べない人、つまり誰かと一緒にいないと遊べない人こそ、寂しがり屋であって、「一人」という状況や言葉を恐れている。寂しいことを恐れているのだ。僕には、そういう人の方が「寂しい人」に見える。

現代人は、異様に群れたがる。つながりたがる。孤独を恐れ、大勢の中に自分を置きたがる。賑《にぎ》やかに騒いでいれば、それで安心できる。ネットや携帯電話も、この群れたがる傾向を利用しているので、ますますつながりたがる人ばかりになった。

もともと、パソコンなどのゲームの類《たぐい》は、一人で遊べることが一番のメリットだった。パソコンだったら、一人で麻雀ができるとか、相手がいなくても将棋や碁ができる。一人で黙々とダンジョンの中を冒険する、というのがわりと楽しかった。その楽しさの一部には、自分にしかわからない、という感覚があって、たとえそれが現実とは乖離《かいり》していても、想像力をかき立てられ、一種のクリエーティブな活動にも似た世界を構築できた。

そんなゲームも、知らないうちにつながってしまうようになった。読書のような個人的な活動であっても、この頃はオンラインになり、人の感想を聞きながら読んだりするシステムもある。そうでなくても、大勢の感想を見たり、自分の感想を読んでもらったり、というつながりを求める。

自分の中にもう少し留めておいても良いのではないか、という言葉を、そして思考を、熟成させることなく表に吐き出してしまう。こうなると、もう最初から他者を意識した言葉、他者を意識した思考しかできなくなる。このため、多くの人の言葉や思考が、充分に熟成していない、薄っぺらなものになっている。

自分が見た物はすぐに写真に撮ってアップする。そうすることで、自分はよく見ない、記憶しない。これでは、ものを感じる以前に、右から左へ流しているだけで、まるでルータのような存在でしかない。経験したことをすぐに忘れてしまう。それが、「寂しい」ことだと感じることもないのだ。

つながっていることは悪くない。中継やコピィだけでなく、少なくともときどきは、自分から発したり、自分で留めたり、という端末であってほしい。

35 ダムとか橋とかは、建築ではない。

これは、日本の話である。「建設」という言葉は、「建築」と「土木」の両方を含む。だから、大手ゼネコンは建設会社なのだ。会社の中に、建築部門と土木部門がある。両者はきっちりと分かれていて、建築学科の卒業生と、土木学科の卒業生で組織されている。

道路、トンネル、橋、ダム、鉄道などはすべて土木が担当する。これは建築ではない。だから、建築学科を出たら、そういうものを造る現場へ行くことはまずない。鉄道の中では、駅だけを建築が担当する。建築は、人間が中に入れる構造物に限られるということだ。

外国から留学生が来ると、その国と日本で分野の分け方が違っているから、面倒なことになる。建築学科を志望してきた留学生が、面接のとき、「将来どんな建築が造りたいのか?」ときかれて、「橋を設計したい」なんて答えて場がしらけることも何度かあった。その留学生の母国では、橋は建築部門だったから、「それは建築ではない」と言われても、きょとんとしているだけで意味がわからない様子だった。

　欧米などに多いのは、建築構造は土木と一緒になっていて、いわゆる「建築（アーキテクチャ」は、意匠設計（一般の人がイメージするデザインに近い）に限定されるという分け方だ。この場合、建築は芸術関係の学科や大学にある。日本でいえば、工学部ではなく芸大にある、というような感じである。

　工学の分野だと、デザインというのは、つまりは計算とかシミュレーションをイメージする対象で、アートとは真逆である。デザインは、工業製品にしかない。どんな材料を使い、力学的にどう洗練させるのか、というのがデザインになる。デザインは、日本語では「設計」だが、構造設計、人生設計、などすべてデザインだ。もう少しわかりやすくいえば「最適化」のことである（え、わかりにくい？）。

　それから、インテリアは建築ではあまり扱われない。家具なんかも建築ではない。TVだと、なんとかの匠《たくみ》と呼ばれる建築家が登場して、子供の勉強机などを造ったりしているのだが、あれは建築家の仕事とはいえないだろうから、「多芸な匠」ということである。

　僕は、コンクリートが専門だったので、土木関係の人ともつき合いがあった。ダムも橋もよく現場を見学にいった。逆に、いわゆる建築家とはつき合いがなかった。

36 奇跡を信じろ、というのは無理な話だ。

理由は簡単である。信じられないものを奇跡と呼ぶのである。僕は、自慢じゃないけれど、奇跡を信じたことは一度もない。そんな一か八かのことを真面目に信じるほどお人好しではない。確率が低いものは、起こりにくいのである。実現が難しい、ということだ。

奇跡が起こることはまずないが、奇跡的なことはときどき起こる。百回に一度くらいは珍しい結果になることがある。こういうときに、その当事者が「奇跡を信じていた」などと言うものだから、信じれば奇跡は起きるのか、と受け止めてしまう素直な若者があとを絶たない。奇跡を信じても駄目だった九十九人の言葉は伝えられないからだ。

たとえば、野球で九回裏のツーアウトから逆転満塁サヨナラホームランが出ることはある。野球というのは、スポーツの中でも、大逆転が起きやすい傾向にある。たぶん、だからこんなに広まったのではないか、と思えるほどだ。しかし、それくらい頻繁に逆転があるので、もう全然奇跡ではない。

しかし、たとえば、十点の差がある場合に、最後のイニングでこれをひっくり返すことはかなり難しいだろう。こういうときは、「奇跡を信じて打席に立った」なんて言っても誰も聞いてくれない。やはり、せいぜい三点差で、しかも既に満塁になっている、というようなお膳立てが整っていないと、「奇跡的」なことを信じるわけにはいかないのである。

このまえ、サッカーのワールドカップがあって日本チームが最後の試合に、「奇跡を信じて」臨んだが、やはり誰もが薄々思っていたとおりになった。選手たちだって、口では「奇跡を信じて」と言っていても、覚悟はしていたのではないか。そこまで奇跡を信じられるものだろうか。そのあたりの自己催眠能力は、僕には少しわからないので、素直に疑問に思っているところである。

奇跡を信じるまえに、奇跡に縋《すが》らなければならない状況に陥らないことが大事だ。当たり前の道理である。やるべきことは、状況を常に分析し、間違いを修正し、少しでも確率を上げること。つまり、奇跡を遠ざけることが大事だ。

当然のことながら、いくら祈っても、いくら大勢で応援しても、心を一つにしても、自分たちのプレイを心がけても、奇跡が起きる確率はさほど変わらない。

37

嫉妬という感情が、どうも僕にはないようだ。

小説を書いているから、嫉妬を題材にすることはある。しかし、主人公の一人称で物語が進む場合には、たぶん、嫉妬というものを書く気にはならないだろう。そういうものを想像はできるけれど、現象として、そんなことってあるのかな、という不思議感がいつもつき纏《まと》ってしまう。僕は、たぶん嫉妬というものをしたことがない。

子供のときには、みんなのように元気だったら良いな、というような気持ちはあった。病気がちだったからだ。体力がないので、すぐに疲れてしまう。同じことをずっと続けられない。だから、そういうことができる友人たちを羨《うらや》ましく思った。でも、「羨む」と「嫉妬」はだいぶ違う。

勝負をして相手が勝って僕が負けても、あまり悔しいとも思わない。ああ、残念でしたね、また今度、といった感じである。だから、成功した人間を嫉妬することはまずないと思う。宝くじに当って大喜びしている人間が近くにいたら、それを見てつられて笑ってしまうだろう。微笑ましいな、良かったねぇ、と思うだけである。自分も宝くじを買っていたとしても、それで嫉妬するなんてありえない。そもそも、くじを買う気持ちが僕にはない。奇跡を信じることができない性格だからだ。

自分が愛する人が、他者の方を向いているとしても、さほど抵抗を感じないと思う。愛するというのは僕の側の問題であって、僕がその人になにかを与えたい、という気持ちだから、相手が誰か別の人を愛して、僕にはなにもくれなくても、まあしかたがない。僕から与えるものを受けてくれているうちは、僕の愛は成立する。たとえば、僕が可愛がっている犬が、僕よりも誰かに甘えて、尻尾を振ったとしても、たぶん、可愛いなあ、と思うだけだ。

嫉妬しないというよりも、嫉妬する気にならない、という感じだろうか。もともと、僕は他者から褒められても、それほど嬉しくない。他者と自分を比較するということも、まずない。他人のことを「良いなあ」と言うことはあっても、自分も同じようになりたいな、とは思わない。どうして、みんなは比較するのだろう、と不思議に思う。そういった比較ができるとさえ考えていない。

たぶん、小さな子供のときに、僕はそういう積極性を諦めたのではないか。劣等感というものも、そのときに消えたようだ。僕は、傍から見たら自信家に見えるらしいけれど、自信なんて全然ない。ただ、自分にできることをしているだけだ。

38 がっかりしたくなかったら、悲観することである。

どうも最近の子供たちは、親や先生から「夢を持て」「諦めるな」「信じてやればできる」と励まされてばかりいるためか、常に上を向いて歩いているように見受けられる。上を見ているというのは、つまり下から目線ということだろうか。

望みを高く設定するのは、べつに悪いことではない。その望みに対して、計画を練り、あらゆる手段を検討し、計算をして進めていけば、たしかに望みを叶えることができる。ただ、物事はなかなかうまくはいかないものだ、ということをその計算に入れておくべきだろう。

一か八かの挑戦を避け、必ず成功するという確率の高い回り道を選ぶことが、夢を実現するための基本的な手法といえる。そういう地道なステップを踏んでいると、あるとき（百回に一回くらい）奇跡的な好運に巡り合うこともある。そして、この特別なステップを周囲に語ることになるので、まるで、そのラッキィさで成功したみたいに見られるのである。

好運に恵まれて成功した、と話せば角が立たない、ということもある。実のところ、準備に準備を重ね、まちがいないという手段を取っているから、成功して当然なのだが、そんな話をすると、周りから「思い上がっている」と叩かれる。だから、「いや、偶然うまくいったんですよ」と謙遜《けんそん》しておくのだ。真に受けてはいけない。

どうして、自分ばかりにトラブルが降り掛かるのか、と嘆いている人が多いが、トラブルは誰にも常に降り掛かっている。ただ、それを想定しているかどうか、の違いにすぎない。最悪のことを考えていれば、どんな事態になっても、がっかりするようなことはない。ただ、準備していた対処をするだけだからだ。

成功率が六十パーセントになると、もう成功する確率の方が高い、と喜ぶ楽観的な人もいるし、四十パーセント失敗する可能性があるものに手は出せない、と悲観する人もいる。大事なことは、楽観しようが悲観しようが、結果はやはり確率のとおりになる、ということだ。差が出るのは、がっかりしてしまい、頭が真っ白になっている空白の時間である。そのとき判断が遅れる。対処を誤る。悲観して準備をしておかないから、お手上げになるのである。

僕は、どういうわけか、もの凄く悲観的な観測をする大人になった。子供のときはよくがっかりした。でも、大人になってから、がっかりしたことは一度もない。

39 綺麗事が何故綺麗なのかといえば、それは言葉だからだ。

口で言うことも、文章に書くことも、実に簡単である。誰でもできるし、なんでも書ける。「山を緑にしよう」と子供でも言える。しかし、実際に山を緑にすることを少しでも考えてみると、その難しさを多少は想像できるだろう。世界の中でも日本ほど緑が簡単に増やせる気候のところはない、というほど簡単なのだが、それでも、資金もかかる、労力も時間もかかる。

飢餓で苦しむ子供たちを救おう、という声、意見は、もちろん正しい。でも、それを実現するために、その言葉を幾ら繰り返しても、声を発する人がいくら増えても、まったく実現には届かない。これは、自然を大切にしよう、環境を守ろう、安全で安心できる町にしよう、全部そうなのだ。

それが簡単だったら、既にそれは実現している。実現していない理由がなにかある。それはたとえば、山の緑を減らすことで得られる利益があるからだ。つまり、綺麗事を実現するためには、綺麗事ではない現実の利益に対抗しなければならない。ということは、綺麗事は実質的な損を招く、ということでもある。いくら綺麗でも、自分は損をしたくはない、という人が多いから、実現していない。そうなると、その損が自分から遠い人だけが綺麗事を主張し、損に近い人と対立することになる。いずれもエゴである。

言葉を発することは大事だが、その言葉によって現実が影響を受けなければ意味がない。意味がなければ、フィクションであり、絵空事になる。社会に対しての意見であれば、その実現性を見極めなければならない。それは損得を把握すること、と言い換えても良い。どれだけの損を見込んで、その主張を推すのか、というバランスの問題になる。

ところが、理屈をお互いに押しつける、という「言い合い」の段階から先へ進まない場合が多い。「言い合い」は議論ではない。お互いが違う言葉の定義で主張し合うだけだ。相手を理解しようとしていない。片方が理解を示しても、もう片方が拒絶すれば、議論にはならない。議論をしなければ解決はしない。したがって、言い合いをしたまま、いずれかがしだいにじり貧になっていくだけだ。そういう運動を、これまでにどれだけ見てきたことか。

僕は綺麗事が大好きだが、実現するときには言葉どおりではなくなっている。

40 自分の本が海外で出版されていることについて。

五十冊くらい翻訳されたと思う。見本が届いたものは、本棚にだいたい並んでいて、その数である。ほとんどはアジアで、ヨーロッパではフランスだけ。英語に訳されたものは印刷書籍では一冊もない。

一年ほどまえに、清涼院流水《せいりょういんりゅうすい》氏が僕の短編を英訳して、電子出版してくれた。これを書いている時点では二作が出版され、秋には三作めが出る予定だ。清涼院氏は、英語にはまっていて、この仕事で誰が一番得をしたかというと、それは清涼院氏である。どんどん英語力がアップしているだろう（僕にはもうわからない）。

毎日、日本以外の国からメールをもらっている。知らない人からのメールも一週間に一度ほどある。今は、ドイツ語でもフランス語でもコンピュータが翻訳してくれるので、コミュニケーションに支障はない。ただ、日本語に訳すと意味がわからなくなるので、必ず英語に翻訳させる。どうして日本語はこんなに難しいのか。

一方で、小説に関しては、日本人は誰でも日本語で小説が書けるだろう。しかし、英語が母国語の人の場合、百人に一人くらいしか英語で小説は書けない。それくらい書くことが難しい。さらに、一流の小説家として認められるには、知的な言い回しができなければならない。それには少なくとも英語以外の言語を知っていること、歴史や古典や宗教などの素養があること、などなど、特別な才能が求められる。おそらく、日本の小説でも明治、大正くらいまでは同じようなインテリジェンスが求められた。小説家なら原書で外国の本が読めるのは当たり前で、漢文や古典にも造詣《ぞうけい》が深くなければならない、というような感じだろうか。だから、現在の日本の小説は、いずれもライトになったということだと思う。

しかし、そういうライトな日本の小説がアジアに出ていっているのは、なかなか面白い現象だ。だって、韓国や中国やベトナムの小説が日本に入ってくるのと比べてほしい。あまり聞かないでしょう？　それに読みたいと思う人も少ないのでは？

同様に、日本の小説を英語に訳しても、欧米の人たちは日本の小説なんか読みたくない、と思っているだろうと想像する。アニメで日本を知って、その系列で小説も読みたくなる、というのはあると思うから、ラノベを訳せば、まだ可能性はある。

この頃、小説以外のエッセィの翻訳も海外でされるようになった。森博嗣の場合は、少なくともアニメ的な展開とは少し違う、ということだろうか。

41

「死」を無理に悲しもうとしている人が多い。

人が死ぬのはごく自然で当たり前のことだ。誰もが必ず死ぬ。特にこれだけ老人が多くなれば、毎日周囲で死が相次いでも不自然ではない。若い人が突然亡くなるのはショックが大きいが、老年になったら自身も周囲も覚悟をしているはずで、さほど驚くようなこともないのではないか、と思う。なにか悲しまなければならないものだと決めつけているようで、僕には不思議に見える。

僕の両親が亡くなったときも、僕は特に悲しくはなかった。もちろん涙も出なかった。それが「覚悟」というものだ。それよりも一番強く感じたのは、「良かった、僕よりさきに死んでくれて」ということだ。子供は親に自分の死を見せないことが一番大切な孝行だと思っていたからである。

面倒を見なくて良くなった、という「良かった」もあった。介護はレベルの差はあれ、楽しいものではない。手を抜いてやっていても、面倒なものである。そういうことを言うと怒る人がいるだろうけれど、それは素直でも正直でもない、と僕は思う。

面倒だけれど、自分の親だから、しかたなくやっているのである。それをさせるのは愛情以外のなにものでもない。もしやりたくて、楽しくてやっているなら、それは趣味だ。そちらの方が不健全ではないか。

いずれにしても、死をたいそうなものに扱いすぎているのが現代の日本だと思う。だいたい、親しい友人が亡くなっても、「ああ、死んだのか」と溜息をついて、それで済ませれば良い。葬式などに遠くまで出かけていき、暑い日、寒い日に大勢が集まるなんてやめた方が良い。誰がやりたくてやっているのか、と感じる。

自分が死んでも葬式なんかしてほしくない（それは家族に言ってある）。ただ、死ぬと必ず周囲の者に迷惑がかかる。それぞれ生活や仕事があるのに、中断して始末をしなければならない。だから、それに見合うくらいのものは遺しておくべきだろう。そうでなければ、自分の持ち物をすべて処分して、死に際に自分もどこかへ捨てにいくしかない。それでも、誰かに迷惑をかける可能性があるから考えものだが。

自分の死も、また自分の身近の者の死も、いずれも考えておくべきものだ。その覚悟をしていない人は、大人とはいえない。子供は親が死んだら泣くだろう。それが「子供」だということである。大人になれば、自分の親を冷静に看取ることができるはずだし、それは薄情なのではなく、むしろ人としての品格だと思う。

42

リンスをシャンプーだと思って一週間使った。

風呂場にシャンプーのボトルが置いてある。これがなくなりそうだと、奥様に「もうすぐなくなるよ」と言っておく。すると、彼女が中身を買ってきて、同じボトルに入れてくれるのである。ありがたいことだ。自分で買ってきたことも一度だけあるけれど、そのときは奥様も買ってきていたので、ダブってしまった。だから、彼女の役目を尊重して手を出さないようにしている。

このまえ、新しいシャンプーになった。それが、全然泡立たないので、いつもと勝手が違うな、と思ったけれど、きっとナチュラル指向の高級なシャンプーなのだろうと解釈して、ありがたく使っていた。けれども、どうもおかしい。具体的にどうおかしいのかはわからない。ただ、髪がさらさらしているだけである。

毎日風呂に入るかシャワーを浴びるので、頭は毎日欠かさず洗っている。洗ったあとはなにもしない。リンスもしないし、ドライヤも使わない。そのまま風呂を出て自然乾燥だ。一時間もすれば乾くので、その間はたいていは本を読んでいる。だいたい、頭にブラシや櫛《くし》を通すこともほとんどない。髪を整えたことがない。寝癖で立っていたら、帽子を被るだけだ。ちなみに、もう四十年以上床屋へも行っていない。散髪は奥様がしてくれる。そのときは、あまりに長くなって鬱陶しくなり、僕から願い出る。奥様が「そろそろ切りましょうか」なんて言わない。前髪だけなら自分で切れるのだが、後ろは無理である。これだけはしかたがない。もし、奥様がいなかったら、ほかの誰かに頼むだろう。床屋へは行かないと思う。

話を戻すと、一週間ほど使い続けたあと、やはり、もしかして、という可能性に思い至り、奥様に相談した。「あの、あれって、もしかしてシャンプーじゃなくて、リンスじゃないかな」と。彼女は、まだ沢山残っていたボトルを見にいき、「ごめん、そうだった」と言った。そして、「もったいないことをした」と呟いた。

リンスの方が高いということだろうか。まあ、それは良いとして、次の日からシャンプーに改められたわけだが、使ってみると、スッと爽快で泡立ちも良く気持ち良かった。「おお、これぞ、正真正銘のシャンプーだ」と感慨深い。

数日は、その爽快さがあったが、その後はまたなにも感じなくなった。これは、味噌汁の味が変わると数日は美味いと感じるのと同じだろう。味噌汁は一年にほんの数回しか食さない僕が言うことだから、比喩《ひゆ》に説得力がないか。

43 衝突しない車について。

前方に障害物があったとき自動的に停止する、という新機能が最近の車の売りになっている。大変素晴らしい。ただ、そんな装置がなくても、ほとんどの車はぶつかることによって自動停止するので、日本語としては、「衝突しない」と言った方が良い。

僕が子供のときに見たなにかの本（少年画報のような雑誌だったと思う）に、今の新幹線みたいに先頭車両が尖っていて、同じ線路で正面から来る別の車両が、その車両の尖った鼻先から乗り上げ、屋根の上にある線路を通って、最後尾の滑り台みたいな車両でまた線路に戻る、という発明が描かれていた。これは、単線であっても、どこでも列車がすれ違えるというアイデアだった。それを見たとき、自動車もこうすれば衝突しないのではないか、と考えた。それを思い出す。

実際にも、フェラーリのようにぺしゃんこの車は、大型車の下部へ入り込んでしまう事故があるだろう。ボディの形で衝突回避を考えていたなんて、面白い。それに比べると、電子制御による自動化というのは、単にセンサ技術、その情報の処理技術に集約されるので、機械的な面白さがない点が、僕としては面白くない。

たとえば、ラジコンヘリコプタの操縦は極めて難しかったが、今は、あらゆるセンサを搭載し、全自動になってしまった。誰にでも飛ばせるようになった。でも、それはもうホビィとしての魅力を失っている。悪いわけではない。それが正しい技術の到達点だと思う。ただ、それでは遊べない、という我が儘《わがまま》を書いているのだ。

自動車が今一番しなければならないのは、運転手の状態（アルコール、薬物、眠気など）を察知して、車を止めることだろうと思う。業務用のバスなどは今すぐにもこれを導入すべきではないか。

僕の車のナビは、ときどき「車の横揺れが激しくなりました」と言う。特に、横揺れしていないのだが、何故かそう言うのだ。試しに、わざと横揺れさせてみても黙っている。運転手の意識を喚起しているのかもしれない。あと、ときどき「カーブです」と事前に教えてくれる。そのまえに散々あったヘアピンカーブで黙っていたくせに、たまに呟くのである。なかなか趣味的なナビである。

この頃、奥様の運転で乗ることが増えた。助手席にいるともの凄く風景を見ることができる。普段運転していると見られないものが見えて、大変楽しいものだ。だから、自動運転で走る車も、それなりに楽しめるかな、と思えるようになった。

44 捺印って、遅れていないか？

契約書などの書類に名前を書いて、そこに捺印する機会が馬鹿に多い。馬鹿に、と書いたのは、その行為の半分以上が、馬鹿馬鹿しいからだ。同じ書類でも、サインだけで済むものもある。そもそも、印鑑なんてものを使っている国が限られる。印鑑を作っている人には申し訳ないが、やめたらどうか、とまえから書いている。たしかに、ないよりはあった方が犯罪防止の効果はあるだろうけれど、でも、なにも印鑑でなくても良いだろう。特に、ネットで書類をやり取りするようになったら、もう印鑑は単なる画像になってしまって、偽造も簡単になり、意味がない。

通帳と印鑑というセットで持ち歩く人が多くて、これも危なっかしい。それ以前に、銀行の各種システムは非常に遅れている。通帳に書いてあるのは、いまだにカタカナだったりする。どうして漢字で印字できないのか。二十年まえに、既に遅れていると感じたものだが、まったく進歩していない。

三菱東京UFJ銀行の通帳は、一カ月に一度記帳しないと、それ以前の項目は纏《まと》められてしまって個々の記録が印字されない。ネットで見られるのも一カ月以内だ。だから、毎月ネットにアクセスして自分で記帳しなければならない。銀行は三時で閉まってしまい、時間外では振込もできない。ネット銀行なら、いつでも可能なのに、どうしてこんなに差があるのか。だいたい、僕がかつて住んでいたところには、県内にその銀行が一軒もなかった。そこで、解約しようと思って電話をしたら、解約するには来店してくれと言うのだ。こういうのを「殿様商売」というのだろう。

印鑑に話を戻すけれど、いちいち朱肉をつけて押印して、また朱肉を拭き取る。ティッシュが必要だ。不便極まりない。シヤチハタは便利だけれど、シヤチハタでは駄目だというところもあって、意味不明だ。今、僕は小説の仕事で毎日のように著作権利用承諾書というものに捺印しているので、これさえなかったら楽なのになあ、としみじみ感じているのである。

僕の父は商売をしていたので、「実印は命の次に大事だ」と語っていた。それを失くしたら、土地も全財産も取られる、と話していた。彼はその実印を銀行の貸金庫に入れていた。その貸金庫を今は僕が引き継いでいる。そして、その金庫を開けるためには、鍵と印鑑が必要なのだ。この印鑑はどこへ仕舞えば良いのか。ところで、僕はその貸金庫にはなにも入れていない。入れるものを思いつかないのである。

45

この世に完全犯罪というものはない。

犯罪というのは、警察に立件され、裁判で罰が決まるものであり、これによって結果的に犯罪者となる。したがって、もしも、まったく誰にも気づかれずに行われた悪事は、犯罪として認識されない。こういうものを完全犯罪と呼ぶようだが、これはどちらかというと、犯罪にならないものだから、不完全犯罪なのではないか、と思える。つまり、完璧に誰が見ても犯罪であり、やったことがすべて明るみに出るものが完全犯罪と呼ぶに相応しい。僕の語感ではそうなる。

近頃、愉快犯に近い犯罪が起こると、これを確信犯だと表現する人が増えた。これはだいぶニュアンスが違う。愉快犯は、愉快だからやる、世間が騒ぐと面白いからやる、趣味的な犯罪を起こす人をさす。いくら騒ぎが起きることを「確信」していても確信犯ではない。確信犯というのは、政治的な確信を持って行う人のことで、戦争とかテロは確信犯といえる。オウムの事件も確信犯だ。

オウムといえば、松本サリン事件が二十年まえのことらしい。あのとき、マスコミは第一通報者を犯人扱いした。警察が見切りで家宅捜索をしたためだが、被害者を犯人に仕立ててしまった責任を、マスコミは取っただろうか、と今でも思う。たぶんマスコミは、「我々は事実を報道しただけで、犯人扱いしたのは視聴者だ」と言うのだろう。原発の風評被害でも同じだが、報道はときにはブレーキをかける物言いをすべきで、それがモラルだ。マスコミは「報道しないこと」を恐れているのでできない。ブレーキをかけなければならないという意識さえないかもしれない。

だいぶ話がずれた。とにかく、犯罪にならない悪事は、この世の裏側でいくらでも起こっているはずだ。ただ、以前よりは社会の透明性が増してきているので、あまりに悪いことは長く隠せないようになりつつある、と感じる。中国や韓国の事件のニュースを見ると、「日本もこうだったなぁ」と思い出すことが多い。

人間というのは、未来や現在よりも、過去に対しては正直になれるものだ。つまり、昔のことだったら正直に話しましょう、となって明るみに出るものがとても多い。だが、当事者がいなくなったり、記録が失われるものも、また多い。やはり、完全犯罪のまま、闇から闇へ消えていく悪事が沢山あるにちがいない。

神様は見ているのだ、という発想は宗教を信じている人なら、一瞬だけ思い出すかもしれない。それでも、きっと一瞬だけのことだろう。

46

優しい人は優しい振りができない。

このまえ、犬が沢山いるパークへ遊びにいった。もちろん、うちの二匹の犬も連れていった。犬を飼っていない人は、パークで好きな犬を借りて、公園内で散歩をさせることができる。都会に住んでいて、犬が飼えない人のためらしい。けれど、もし僕が都会に住んでいて犬が飼えないとしたら、僕はそこで犬を借りるだろうか、と考えてしまった。答はもちろん、絶対にしない、である。だいたい、その借りられる犬の小屋の近くへ見にいくことも、僕はできなかった。顔を見るだけで可哀相《かわいそう》だ。鳴き声が小屋の外まで聞こえていた。僕と僕の犬たちは、そこから離れて、できるだけ遠くまで歩いたのである。

これはどういうことか、と説明する必要はないと思う。この気持ちがわからない人は、たぶんなにか愛情というもの、優しさというものを勘違いしている、と僕には思える。同じような理由で、僕はたとえば、アフリカの貧しい子供たちに接することができない。会っても声をかけることができないだろう。話をする、声をかけるということは、その子供に対して自分が関わることであって、関わったからには、もう「じゃあ、またね」「頑張ってね」では済まなくなるからだ。

世の中にはこういうものが沢山ある。気になるもの、なんとかしたいもの、少しでも力が貸せるものはいくらでもあるけれど、それらすべてに関わってはいられない。自分を維持することの方が大事だし、のめり込めない事情がある。そんなとき、その場限りでも優しさを切り売りできる人もいる。それは立派なことだと思う。僕はただ、そういった器用さがないので、自分には無理だとわかっている。少しでも手を出したら、もうそればかりを考えてしまうことになる、とわかっているのだ。

僕は、自分が優しいとはあまり思わないが、しかし、本当に優しかったら、そんなビジネスライクな優しさは出せないとは思う。僕の奥様は、非常に優しい人で、僕の十倍は優しいのだが、絶対にそういうものに手を出さない。手を差し伸べただけで涙が止まらなくなるからだ。こういうときに泣きたい人がいるみたいだが、それは泣くことが苦にならないからできるのだろう。泣くことは苦しいから、できない人もいる。苦しいと感じる人の方が、僕の定義では「優しい」ということだ。

偉い人は偉い振りができないのと同じように、優しい人は優しい振りができない。ほとんどのものに、これが成り立っているように思える。

47 馬鹿がわりとまかり通る世の中ではある。

「なにを馬鹿なことを」と呆れてしまう場面が多いが、何度も繰り返されるし、どうしてもそれをやめられない文化のようなものもある。いけないと理屈ではわかっていても、いろいろ馬鹿な理由をつけて許容しているのだ。その理由というのは、伝統だったり、人情だったり、遊び心だったりする。「無駄なことをするのが人間だ」なども、このときとばかりに持ち出される言い訳である。

やっている本人が楽しい、というのが最大の理由のはずだ。たとえば、酒を飲んで巫山戯《ふざけ》たいというのと同じ。覚醒剤だって同じだ。本人が、是非ともやりたいと真剣に考えているから、やめられない。甘いものを食べて太ってしまうのだって、まったく同じである。これは、犯罪でもそうだし、戦争でもそうだ。しかたなくやっているように見えても、当事者はその瞬間は前向きだし、かなり楽しんでいる。楽しまなければできないことなのかもしれない、と想像する。

ちょっとした悪戯《いたずら》なども、けっこう容赦されている。人を陥れて笑ったりする。子供に対しても、ちょっと驚かせたりする。僕は、犬を飼っているが、自分の犬には絶対に悪戯をしない。ほんの一時でもそういう目に遭わせるのは、信頼を失うことになるからだ。悪戯をする人間には、「変な趣味だね」としか言いようがない。

そういうことでしか笑えない人だ、と理解する以外にないだろう。悪戯というのは、相手が必要だ。つまり、自分だけでは笑えない。自分だけでは楽しめない。自分だけでは遊べない。そういう未熟な人間がやり過ぎて、ネットのおかげで晒《さら》し者になったりしているのである。下品なことだと思う。できれば、目を背けたい。けれども、逆に言えば、そういった馬鹿なことが存在できる自由な世の中になっていることも事実であって、目を背けつつも、絶対に排除すべきだというほどのことでもない。馬鹿なことをする人間は、馬鹿なのだからしかたがない。馬鹿でも生きていける豊かな社会になった。馬鹿な人間でも、もちろんなにかはできるわけで、役に立つこともあるだろう。大きな馬鹿を警戒し、小さい馬鹿は許せば良い。

かつて理想の国と言われた共産圏は、今では自由を弾圧する独裁国家になってしまった。それに比べれば、この国のささやかな馬鹿馬鹿しさは、まあしかたがないね、と思える。若いときには、こんな国にいたくない、と感じたこともあったのに、いつの間にか、日本人で良かったな、と思うことが増えてきた。

48

レトロは好きだが、レトロ趣味は好きになれない。

たとえば、クラシックカーは大好きだ。博物館でもじっと見入ってしまうし、自分でもいじりたいな、と思う。しかし、それに似せたレプリカを現代技術で再現した製品が出ても、まったく興味を持てない。それは、基本的な誤解だと思う。レトロなものの形は、その当時の技術に支えられた最先端であって、現在の最新鋭の技術で作るべき形ではないからだ。したがって、自動車などでレトロなデザインのものは眉《まゆ》を顰《ひそ》めたくなる。偽物感が大いに漂っていて鼻につく。まったく格好が悪い。デザインとは、形をさきに決めて作ったものではない。無駄を省き、機能を納めてみたらその形になったのだ。

これは、実は工業製品以外にもいえることだと思う。あるいは、デザインだけでなく、アートでも同じかもしれない。昔のものを懐かしんで、それと同じようなものを真似ることに意味はない。その時代のその文化の中で生まれたものだから良かったのであって、今それを復活させても、単に遅れていると見えるだけだ。懐かしむ人はいるけれど、そういう声を真に受けてはいけない。ものを作る人間は、常に未来を見て、現代を捉えなければならない。それが「ものを創る」ということだ。創作とは、復元や修正ではない。「新しい」ことが第一条件なのである。

五十年くらいまえの扇風機を今も大事に使っている。その形が好きだからだ。しかし、新しいものだったら、ダイソンのプロペラのない扇風機を持っている。昔風のデザインのものを身近に置きたいとは思わない。

それでも、まだ品物だったら、古い製品は劣化してしまうから、その形のままであっても、新しいものを作る意味はあるだろう。トヨタがヨタハチをそのまま作ったら、喜んで買うかもしれない（ただし、今の安全基準や環境基準に合わないから、たぶん公道は走れないだろう）。ホンダのＳ８００も作ってくれたら買うだろう。材料が新しくなっただけでも価値がある。できれば、今の基準に合わせないで、当時のまま復刻してもらいたい。でも、そんなことはメーカはしない。できないし、やるメリットもない。

僕も、十九年まえの「すべてがＦになる」をもう一度書いて発行するつもりはない。それに似た小説も書く気はない。小説は、材料的な劣化がないから、今も新品で買える。それに、今似たものを作っても（僕には）滑稽なだけだ。

49 多くの製品は注文生産になるだろう。

あらかじめ製品を大量に作って、それを店に並べて売る、というシステムは、既に前時代のものになりつつある。これからは、あらゆるものが買い手の存在を確認してから作られる。とても効率が良く、無駄が出ないからだ。これが可能になったのは、情報伝達や商品管理の自動化と、もう一つは、生産のマルチ化と迅速化がある。

かつての工場ではまったく同一のものをラインで作っていたが、今は、オーダに応じた多様なものを作れる複雑なシステムが導入されている。

最近、3Dプリンタが話題になっているけれど、これも将来は流通を変える技術になるだろう。物体を買わなくても、物体の情報を買えば、自宅でそれが作られるわけだ。部品を遠くへ運送する必要もない。工場自体が、まったく違う形のものを同じラインで作れるようになるはずである。

僕は、趣味で機関車の模型をよく買う。一台が数十万円するものだが、この頃、新製品が登場して雑誌やネットで宣伝されたものを注文しても、それが届くのに一年以上待たなくてはならなくなった。長いものは五年くらい待つ。これは、希望者の数が一定数になるまで生産しないためだ。見本だけ作って、宣伝をしたり、模型ショーで見せたりする。そうして買い手を募る。安全な商売をしているわけだ。しかし、こうなったおかげで、かなりマイナな機種が次々製品化されている。数が出ないときは、募集時間を長くして待つ、ということらしい。

自動車も新車が発表になって、二カ月以上待たされることが普通になった。「人気があるのね」なんて言っている人が多いが、人気のあるなしにかかわらず、ただ「無駄なものを作らない」という戦略のようだ。そうやって、コストを下げている。

欲しいときにすぐ手にしたいという人は、中古品を探したり、オークションで入手する方が早い。正規の店には見本しかない、というわけである。

そもそも、生産地から店まで運搬して、一度箱から出して陳列する、という無駄が、もう許されなくなっている時代だといえる。そのうちに、小さなもの、安価なもの、たとえば食料品などにも及ぶものと思う。食料品のうち、加工品は良いが、野菜など自然で育つものはすぐには作れない。しかし、やはりある程度は消費者の希望によって生産されるようにシフトしていくはずである。店で現物を見て買おう、という時代は終わろうとしている。「店」がいらない社会になる。

50 僕は絶大な人気を博しているらしい。

森博嗣のプロフィールにそう書いてあった。あれは、出版社の担当編集者が書くものだが、本当は自分で書かないといけないな、と常々思う。でも、面倒だし恥ずかしいので、やはり「適当に書いておいて」になってしまう。土屋賢二《つちやけんじ》先生のように、プロフィールも作品の一部にしてしまえば良いが、それでは本当はどうなんだ、とまた言われてしまうだろう。

絶大な人気を博した覚えは、僕にはない。絶大な人気だったら、たとえば、職場でもみんなに褒められるのではないか。僕の職場では、誰も僕の本など読んでいなかったし、むしろ眉を顰められるだけで、後ろめたい気持ちにさせられた。ときどき、他学科の先生が近づいてきて、小声で「実はうちの娘がファンでして」と言うくらいしかない。「私はファンです」と朗《ほが》らかに言ってきた人はいなかった。もしいても、嬉しいわけではない。「あ、そうですか」くらいの返答だっただろう。

ベストセラを連発、なんて書いてあるものもあった。まあ、発行して数日とか、

一、二週間とかならベストテンに入るかもしれないが、そんなに数が出ているわけではない。小説自体が超マイナなのだから、そこでトップになってもマイナである。
不朽の名作、金字塔、空前の大作、など、だいたいがオーバなのだ。たとえば、「傑作」なんて言葉は、作品の中の七十パーセントくらいを含んだ集合である。「会心作」になると八十パーセントくらいだ。そのいずれにも入らないものは、「問題作」とか「意欲作」「新境地」になるのだろう。

人気というのは、何を基準にしているのかというと、それは売れた数である。拍手の大きさではない。拍手はただだが、商品は有料なのだ。つまり、いくら集金したかが「人気」である。よく、支持率みたいなものがマスコミで取り上げられるが、あれは、無料のボタン「いいね！」の集計に近いもので、「支持」とは少し違う。投票をするときには、「いいね！」や拍手だけではなく、自分の生活に直結する損得を誰もが考えるからだ。僅かな違いのように見えるが、実際はだいぶ違う。支持率が五十パーセント以下でも首相が失脚しないのは、この理屈である。

僕は、百万部売れる本は書けないが、五万部売れる本を一年に二十冊出していたので、ベストセラ作家と同じくらい稼いだ。絶大な人気がなくても、それぞれのやり方でビジネスは成立する、ということだと理解している。

51 では、自己紹介をためしに書いてみよう。

森博嗣（もりひろし）小さいときから学校の先生には、「ひろつぐ」と呼ばれることが多かった。この最後の「嗣」を相手に説明するときには、「藤原冬嗣《ふじわらのふゆつぐ》のつぐです」と言うことにしているが、三人に一人くらいしか通じない。

一九五七年に生まれたが、その日の記憶は残念ながらない。このときまだ〇歳だった。近所の幼稚園に通いだすと頭角を現し、「ふじ3」と黒板に書いて先生に違うと言われたが、何故違うのか説明してもらえず、のちに家庭訪問でこの先生から母親に「博嗣君は、多少自分勝手なところがあります」とちくられる。ほかには、ひらがなの「ほ」の右側を「ま」と書いたし、「お」にも点を打たない主義を通していた。その方が合理的だと考えていたからだが、何故か周囲には理解されなかった。

五歳になった頃には、既に鏡のまえで自分探しができた。幼稚園まで真っ直ぐの道だったため、目を瞑《つむ》って歩いて、目を開けたら幼稚園の中にいる、という状況を演出しようと実行したが、横の用水路に落ちて大怪我をする。以降、怪我の多い子供時代で、小学校に上がっても何針も縫う怪我や骨折をして、両親を心配させた。また、給食が大嫌いで、親に「給食が嫌いな人は弁当を持ってきても良いと先生が言った」と嘘をついて弁当を作ってもらった。学校でもそれを食べていたが、三日めに先生が家に来て、親と意見の交換をする結果となった。

中学と高校は私学だったので、毎日が弁当になった。重い鞄《かばん》を持って数キロを歩くことにもなり、おかげで多少は躰が丈夫になった。中学で一番長続きした部活はワンゲル部、高校では電波科学研究部だった。ただし、それ以外にも、毎日卓球をしていたし、剣道部、物象部、数学研究部、漫画研究部などにも所属した。

大学に入ったあと、大学を卒業し、大学院に進んだが、その後、就職と同時に結婚した。このとき国家公務員になり、その後二十数年そのままだった。

一九九六年、大学助教授を務める傍《かたわ》ら、お金欲しさに小説を書いて送ったところ、それが出版されることになった。メフィスト賞を受賞したことにもなったが、デビュー作のオビにそう書きたかった編集長がメフィスト賞を創設したためだった。デビュー作は処女作ではなく、第四作だったが、編集長が「これがいい」と言ったので、そうなっただけである。このように、編集者の意見には素直に従う作家であり、この素直さで絶大な人気を博したのではないか、と本人は疑問視している。

52

もう少し、自己紹介を続けて書いてみよう。

自分の本が初めてできたとき、驚いたことが二つあった。まず、縦書きだったこと。原稿は当然ながら横書きで書いていたからだ。あと、文庫だと思っていたら、少し大きな新書サイズだった。小説はすべて文庫だと思っていたのだ(大きい単行本は子供向けの本や、なにかの記念で作られた全集の類だと認識していた)。

最初に書き始めたとき、仕事が忙しいので時間がなく、一カ月に一作がせいぜいだと予定を立てた。送ってから半年ほど経ったときに一冊めが出版されたが、そのときには、既に五作が書き上がっていた。当然毎月本を出してもらえると思ったが、三カ月おきだと決まったので、ここで執筆の手を緩めた。その後も、手は緩む一方である。

デビュー作の反響は散々で、「人間が書けていない」「ミステリィとして無駄なものが多すぎる」と批判された。しかし編集者は「これでいいんですよ」と断言するので、そのまままとりあえずシリーズを十作出した。小説のシリーズというのは完結しないものが多いとは知らなかったので、早く完結させなければ、と考えた結果だ。自分で考えていたよりは本は多く売れた。これは主として、自身の予測が悲観的であることに起因している。主として楽観的な出版業界の予測でも、「こんなものが売れるのか」という感じだったらしく、なにか別の偶然か、あるいは大衆の勘違いがあったものと解釈されている。

メフィスト賞以外に受賞はないが、二〇一〇年、Amazonの殿堂入り作家に選ばれ、盾《たて》が送られてきたので、大事に本棚に飾っている。研究者としても、盾を五つほどもらったが、きっと、家のどこかに大事に仕舞ってあるはずだ。

押井守《おしいまもる》監督が映画化した「スカイ・クロラ」が代表作として挙げられることが多い。一方で、コカ・コーラ百二十周年記念で書かれた「カクレカラクリ」はあまり知られていない。

愛犬家として知られているが、愛妻家としては知られていない。両者の「愛」には、大きな隔たりがあるのではないか、と物議を醸《かも》したことがある。

二〇〇八年、日本推理作家協会と本格ミステリ作家クラブを脱会したため、引退したとの噂が広がった。このため、本人も「そうか、僕は引退したんだな」と気づき、以後は、やりたくない仕事を「引退したので」という理由で断り続けている。

53 目立ちたがり屋ではなく、潜みたがり屋です。

世の中には目立ちたがる人がけっこういる。変わったことをして注目を集めるというのは、商売としては基本だけれど、そうではなくただみんなに見られたい、という純粋な動機で、変な格好をする人もいる。都会ではかなりの比率で存在する。

そこまでいかなくても、TVに映って喜ぶとか、自分の名前が広く知れ渡ると嬉しかったりするらしい。有名になることに憧《あこが》れている、という人は多い。これも、有名になると一般に商売がしやすくなって、なんらかの利益が得られるからなのだが、そうでなくても、有名になれるだけで嬉しいという純粋な有名願望もあるようだ。

僕は、その反対で、潜《ひそ》みたがり屋である。できるだけ目立ちたくないし、有名になることを可能なかぎり避けたい。しかし、根っからのマイナ指向のため、人と同じことができないので、結果的に目立ってしまうことが多々あった。こういうときは、困ったな、と感じる。それから、小説家なんて人気商売になってしまったので、有名にならないと商売として効率が悪い。こういった矛盾を今も抱えている。

幸い、俳優とか歌手とかではないので、顔を出さなくても良い（だから、小説にしたわけだが）。また、この商売はスポンサがいらないので、さほど大宣伝をしなくても商売が成り立つ。映画監督などはあちらこちらへ顔を出し、TVでも顔を売っていないとビジネスにならないが、小説家はそういうこともない。ほかには、漫画家がわりと隠れたままできる商売だろう。漫画家になっても良かったのだが、とにかく生産に時間がかかるのがネックで諦めてしまった。

どうして、目立ちたがるのか、まったく理解ができない。そんなに自分を見てもらって気持ちが良いのだろうか。見てもらったら、褒めてもらえるのだろうか。僕は、褒めてもらうのも好きではない。褒められると不安になる。相手が本当のことを言っているのか、何の魂胆があるのか、と考えないといけない。貶されると、くすっと笑ってしまう。相手がだいたい正直だとわかるから、そっちの方が安心だ。

森博嗣がブレークしないのは、たぶん、僕がブレーキをかけているからだろう、と自分で理解している。こういうものが売れるのか、とわかったら、それを書かないようにしているからだ。ぎりぎりビジネスになる深さで潜伏している方が、自分には合っている。そんなデザインの生き方でもある。格好悪いことだが、少し格好悪くした方が、隠れていやすい。そういうことです。

54 不整地を歩くのは、エネルギィが必要だ。

滅多に出かけないが、毎日よく歩いている。自分の庭園内がほとんどだ。たまに、犬の散歩に近所の森の中を歩くこともある。舗装されていない道が大半で、ようするに凸凹である。平らな地面に比べて、非常に歩きにくい。足首が疲れる。しかし、そもそもそういうところを、かつての人類は歩いていたはずだ。こちらが自然であって、真っ平らな道の方が不自然なのである。

脚よりもタイヤが効率が良い。ただ、自動車でも、未舗装の道を走ると抵抗が多い。鉄道は平らな線路の上を走るので、さらにエネルギィ効率が良くなる。自分の庭を走る鉄道の車両を作っているので、これは実感するところだ。

動物の脚というのは、やはり凄い装置なのである。戦車のキャタピラも凄いけれど、それでも進めない障害物や沼がある。動物はそんな場所でも平気で移動ができる。うちの犬の一匹は階段が上れないが、最先端のロボットの多くも、脚ではなくタイヤで移動していて、階段が上れない。そもそも階段が、脚のためにある装置なのだからしかたがない。

　もし、人間が脚よりも腕が強力だったら、ナマケモノのように枝にぶら下がって、樹の上で生活をしただろう。そうなると、家も天井に手摺《てす》りを付けておいて、それで隣の部屋へ移動するから、ドアは天井の近くにあれば良い。階段もいらない。床面はすべて収納に使える。床一面を本棚にもできるだろう。天井からぶら下がって、床の本棚から一冊を取り、ぶら下がったまま読書をするのだ。こうなると、バスも電車もシートがいらない。吊り革を増やせば良い。

　このような腕社会では、道路もなくなって、雲梯《うんてい》のようなものを作っておけば移動に便利だ。鉄道は、ぶら下がるタイプのモノレールが自然になる。

　そんな馬鹿なことを想像しながら、今日も庭を歩いている。忘れ物が激しいので、いちいち物を取りにあっちへ行ったりこっちへ来たりと歩き回っている。それだけで良い運動になるようだ。最近、だいぶ慣れてきたけれど、それでも疲れるので、休憩ばかりしている。地面の軟らかさもよくわかるようになった。この下にはモグラがいるな、と歩くだけでわかる。

　都会には水平な面がとても沢山ある。しかし、ここでは、一歩家を出たら、そんなものはどこにもない。なにをするにもまず水準器が必要なので持ち歩いている。

55 英語の表記で、カタカナを工夫した方が良い。

日本人の多くは、英語のヒアリングが得意ではない。長い間、単語の発音よりもそのスペルを覚えることが英語の勉強になってしまったので、こうなってしまった、という意見もあるし、もちろん、日本語の音の少なさに起因しているのもまちがいない。

たとえば、この頃は「ディスク」のように「ディ」という表記をする。英語の音を表すのに便利だからだ。これがないと、「ジスク」あるいは「ヂスク」と書かないといけない。「ラジオ」の真ん中の「ジ」が古い書き方だ。「レイディオ」と書けば、聞くのも話すのも、ずっと楽になっただろう。

つまり、既に使っている英語のカタカナ表記を、発音に近いものに直すだけで、かなり英語のヒアリング力がアップする、といえる。もともと、明治時代などには、そのようにしていたのに、いつの間にか和製英語になってしまっているものが多い。

ただ、たとえば「アップル」を発音に近いように「アッポゥ」と書くと、今度はスペルがわからなくなるデメリットはある。中央の意味の「センタ」（これを「センター」と書くのは論外）を、「セナ」と書くと近くなるけれど、それではもうスペルから遠ざかってしまうので、英語の試験には不向きかもしれない。でも、英語を話す人の多くは英語が書けない。スペルは、日本の漢字みたいに難しいものなのだ。

僕は、英語を読むときは、だいたい意味がわかるのだが、英語を書くときには、スペルが正確に書けないので、辞書を頻繁に引かなければならない。特にcなのかsなのかが難しいし、同様にrかlかもときどき間違える。rとlは、いずれもカタカナが同じだということがネックになっている。lの方は、ラ行に濁点《だくてん》をつけて表現してはどうか、と過去に書いたことがある。

森博嗣がカタカナ表記で最後の「ー（長音）」を省くのに対して、今でも文句を言う人が少数いるのだが、その人は、「スーパ」を、「スーパー」つまり、「すうぱあ」と発音しているのだろうか。それはちょっと困ったことだと思う。

「コーヒー」は「珈琲」とも書くが、オランダ語から来ている。綴りはkoffieなので、伸ばしても悪くない。英語でもcoffeeで、書くとしたら「カフィ」だろうか。

日本人は、表音文字で、読みと文字が一字一句一致していることに慣れているのだから、英語の単語も発音に近い表記にした方が、今後有利になるものと思う。僕の場合は、単に規則性を重んじているだけの表記であり、教育的意味合いはない。

56 戦争放棄の憲法は、現実的だろうか？

この問題については、実はあまりじっくりと考えたことがない。若いときには、憲法は絶対なのだから、自衛隊も違憲だ、と考えていた。周囲にもそう考える人が多かった。政党でいうと社会党や共産党がそう訴えていた。でも、今では自衛隊は、国民の多数が受け入れているようだ。つまり、自衛は「戦争」ではない、ということになったらしい。

最近では、集団的自衛権が論議になっている。ここまでは自衛だ、というような解釈の問題にしようとしている。

戦争というのは殺し合いのことだ。武器は相手を殺すために設計されている。相手が殺しにきたときに相手を殺すと自己防衛にはなるけれど、殺人には変わりない。自衛をするから戦争になる、というのも事実だ。最初から降参をして戦わなければ、少なくとも戦争にはならない。戦争放棄とはそういうものだと僕は理解している。それが良いか悪いかの話ではなく。

このまえも書いたが、戦争では兵士は殺しても良いが、民間人は駄目だ、というルールがあるらしい。こういうルールを決めること自体、実に不思議だ。殺し合いなのに、ルールを守る奴がいるのか、という馬鹿馬鹿しさである。たとえば、殺傷能力の高い武器を禁止したり、対人地雷を抑制するという、中途半端なことをよくも考えるものだと感心する。政治家は本当に気の長い人でないとやっていけない。

かつては、自衛隊も駄目だと思っていたけれど、今の日本の自衛隊を失くすことは難しくなった。そうなると、集団的自衛権は必然的なものになるだろう。なにしろ、どこにも線引きなどできないからだ。もし、それを認めないのなら、自衛隊をどんどん縮小して、解散させる方向しかない。あれだけの軍備を持っていて、自衛しかしない、と突っぱねてきたこれまでのやり方が、そもそも矛盾が多すぎた。

ミサイルが飛んできたら要撃するしかないが、これは自衛だし、既に戦争である。戦争放棄ならば、被害を受けてから国際社会に訴えて抗議をするしかない。どちらを選ぶかは、次世代の日本人が決めることである。僕は、個人的には、この問題にあまり関心がなくなった。どちらでも良いというのが正直なところだ。平和のためには、長期的には軍備をしない方が良いけれど、短期的には犠牲が幾らか出るだろう。その犠牲を覚悟できるなら、戦争を完全に放棄する手もあるのかな、と思う。

57 自慢をしても嫌がられない時代になった。

僕が子供の頃は、金持ちだとか、高学歴だということは、周囲の人から反感を持たれるものだった。これは、みんなが貧しかったのかもしれない。たとえば、TVに出るような人は、みんな自分が馬鹿な振りをしてみせた。その方が好感度アップだった。これは、日本人らしい謙虚さと受け止められた。

それが、僕が大人になってしばらくした頃から、事情が変わってきた。TVでも、高学歴を売りものにするタレントが現れ、また同時に馬鹿なことも笑い飛ばせるようになった。ゆとり教育の賜物《たまもの》だと思う。できる奴もできない奴も、どちらも人間の魅力がある、と見るだけ、大衆が成長した証拠である。また、同様に金持ちにしても貧乏人にしても、いずれも素直に自分を見せれば良い、貧しさは恥ずかしくないし、金持ちだからといって悪い人間ではない、ということもわかってきた。これは、素晴らしいことだ、と僕は感じた。良い社会になったな、と思ったものだ。

かつては、自分のこと、自分の家族のことをぼろくそに言うのが社交辞令だったが、今では息子や孫の自慢が普通になった。中には、伴侶を自慢する人もいる。僕は、自慢というのは二種類あって、自分の苦労に関係のないものはしてはいけない自慢であり、自分が苦労をしたものは、大いに自慢した方が良いと考えている。子供や孫や伴侶は、自分がすべてを作ったわけではないから、あまり自慢しない方が格好良いだろう。でも、そんな自慢も、嫌がられないようになった。受け手が素直になったということである。

今でも、僕よりも上の年代や、また僕と同年代でも、古い価値観をそのまま持っている人は、自慢をすると眉を顰める。「そんなことを言ったら反感を持たれる」と忠告してくれる。しかし、僕は若い世代を相手にして仕事をしてきたので、そうではないことを知っている。若者たちは、自慢を素直に受け取り、こちらを注目してくれる。逆に、自虐的な謙遜をすると、素直に軽蔑されて、話を聞いてくれなくなるのだ。僕は、自分の話を聞いてもらうのが仕事だったから、このあたりには敏感である。いかに、こちらを向かせるか、こちらに興味を持たせるか、というのが勝負だったからだ。この傾向に気づいてから、自分がなした仕事については、きっちりと自慢をすることにした。これは、現代では、自己PRとかプレゼンと呼ばれるもので、ごく当たり前のことになった。

58 みんな頭の良い奴ばかりだったのに。

僕は、子供の頃から、周りの友人たちはみんな頭が良いなあ、と感心してばかりで、自分はだいぶ頭が悪いようだ、と感じていた。今でも思い出すあの子も、あの子も天才かと思えるほどだった。ところが、大人になって会ってみると、もうその輝きがない。中学や高校で、あいつだけにはかなわない、と思えた友人も、久し振りに会って話をしてみると、普通のビジネスマンだったりする。

大学の研究室では、毎年秀才が研究室にやってきた。円周率を二百桁まで言える奴とか、五桁のかけ算を暗算でやってのける奴もいたけれど、研究をさせてみると、特に凄かったということもない。たしかに頭の回転は速いのだが、それだけではアドバンテージはないのである。

子供のときの劣等感は、主として「知識量」だったようだ。僕の家には老人がいなかったし、父も仕事が忙しくほとんど話ができない。母もさほど子供の世話を焼く人ではなかった。本を読むのも嫌いで、遊んでばかりいたので、友人たちはみんな僕よりも物知りだったのだ。逆にいえば、僕はなにも知らなかった。

たとえば、小学一年生になったときの最初の宿題は、桜の絵に色を塗っていくことだった。今でも覚えている。僕は、先生が「色を塗ってきましょうね。宿題です」と言ったのを覚えていたが、「しゅくだい」という言葉を知らず、そのうち気が向いたら塗っても良いけれど、あまり面白くはないな、と考えた。翌朝、母がたまたま「宿題はなかったの？」と尋ねたので、そこで、先生がその言葉を言ったと話したら、母は慌《あわ》てて、桜の絵に色を塗ってくれた。登校時間ぎりぎりだったからだ。そういうおっとりとした子供だったのである。

算盤《そろばん》を習いにいったのは幼稚園のときだが、そのときも、暗算で計算して玉の位置を揃えていたので、結局算盤が身につかなかった。英会話教室にも通わされたが、自分の名前がジャーンだったのに、ジョーンと区別がつかなくていつも叱られた。

それが、大人になるほど、自分よりも頭の良い人間に会う機会が少しずつ減ってきた。もちろん、とんでもなく頭の良い奴は何人もいるけれど、世間一般の人が必ずしもみんな自分よりも頭が良いわけでもない、と思えるようになった。この変化の一番の原因は、知識があること、計算が速いこと、記憶力が良いこと、のいずれもが、頭が良いこととは別の能力だと知ったためだと思う。

59 頭の良さを感じるのは、どんなときか。

では、頭が良いと感じるのはどんなときか、というと、それは、なんらかのトラブルが起きたときの対処で一番わかる。実験をしているとき、困った事態になる。たとえば、あると思っていた材料がない、機械が不調でいつものとおりにできない、これまでに経験のない事態になって原因がわからない、そういった場合だ。

このとき、何をすべきか、ということをみんなで考えることになる。知識で解決するようなものでもなく、また計算力も記憶力も関係がない。まずは、原因と思われるものをみんなで挙げる。その可能性から候補を絞るためには何をすれば良いか、と考える。確かめるべきものは何か。これに似たような事象はなかったか。原因として考えられる説得力のある仮説はないか。代用できるような手法、装置はないか。

経験がものを言うこともある。昔からその実験をしていれば、似たような経験があって、打てる手を知っている場合もある。そうなると、経験者は有利だ。しかし、まったく新しいことを始めた場合は、経験は関係がない。ただ、可能な限りの広い発想を持って、そこから確からしいものを選ぶ。その選ぶ作業について議論する段階では、経験が関係するし、知識があれば説得力も増す。しかし、広い発想を持つことは、やはり知識量ではない。これができる人間は、いつも人よりも多くの発想をする。これが、頭が良いな、と僕が思う能力である。いかに短時間に多くのもの、まったく道筋が違う可能性を思いつくか、という力である。

あれが使えるのではないか、そこを一度確認してみよう、こうしてみたらどうなるのか、ということを思いつく。これがまったくできない人もいる。そういう人は、どうしたら良いのか「わからない」と言う。ハングアップしてしまうのだ。だが、これは「わかる」「わからない」の問題ではない。ただ、思いつくだけなのだ。

発想が豊かな人というのは、トラブルをなんとなく乗り切ってしまう。「あ、ちょっと、これで困ったから、適当に対処しておきました」と簡単に言うのだが、その対処を見ると、よくこれを思いついたな、と感心することになる。そういう人は、とにかく頼りになる。あいつがいれば大丈夫だ、という信頼を得る。それは、あるときは生活力とか実行力とか判断力なんて呼ばれているが、つまりは、波を乗り越える走破力みたいなものだし、実は可能性を思いつく発想力なのである。その可能性に対する判断や対処や実行は、誰にでもできる。

60 反応することは、自分から発している行為ではない。

反応することが、いろいろな場面で求められる。勉強も仕事も、いうなればすべてが反応だ。問題や人間に対して、どう対応するか、である。それは、つまり自分が受け手であって、投げられたボールを受け、それを返す、という作業だ。

しかし、重要なことは、誰がボールを投げるのか、である。反応ばかりしている人間は、自分からボールを投げられない。そこが欠けていると、リーダになれないし、時代を切り開いていくことはできない。ただ、対処が上手くできるスタッフとして大勢の中で働くしかない。

たとえば、この本を書くときにも、タイトルを思いつくのに半年かけている。この一行を百個発想すれば、あとはそれに反応するだけなのだ。後者がいかに簡単で頭を使わないか、ということをいつも書きながら僕はひしひしと実感する。

ブログを毎日書いている人は、今日は何を書くか、という部分で一番頭を使うことになる。本を読んでそれについて書く、と決めている人は、反応しているだけだ。なにもないところから、今日あったことでもなく、今日聞いた話でもなく、なんとなく、こんなことを書いてみよう、と「思いつける」だろうか。それが、自分からボールを投げる、という意味だ。

ネットで大勢がつながって、みんなが呟いたりぼやいたりしている。けれども、そのほとんどは、単に反応しているだけだ。人が言ったことをコピィしているもの、それについて、ちょっと感想を言うだけ、その程度である。

たとえば、面白いことを自分で考えて、一言呟くとしたら、相当考えないといけない。でも、十分も考えたら、一つくらい笑わせる話を思いつくのではないか。え、できない？　まあ、反応してばかりの人には、難しいかもしれない。

みんな反応したくてうずうずしている。誰かがなにか面白いこと、自分にも反応できることを発言してくれないか、と待ち構えているのだ。だから、自分の好きなジャンル、自分の関心のあるジャンルで話ができる仲間を探す。そういう友達が欲しい、となる。僕がいつも、「友達とは話が合わない方が良い」「趣味がまったく違う人と話をした方が楽しい」と書いていることが、わかってもらえないのは、こういった理由によるものと思う。犬は、ボールを投げると喜んで走っていく。だが、自分でボールを投げる犬はいない。投げることは人間固有の能力なのである。

61 金に糸目をつけるのも、基本的な自由である。

今の若い人は、凧《たこ》を飛ばしたことがあるだろうか。まず場所がない。都会では凧を空高く上げたら、たいてい電線に引っ掛かる。川原だと高圧線がある。そう、凧というのは、もの凄く高く上がるものなのだ。凧糸を百メートルくらい買わないといけない。それから、この頃は凧ではなくて、ビニールでできたカイトというものになってしまった。あれは、コントロールができるけれど、そうなると糸のないラジコンの方が面白いだろう。

何の話かというと、大人になったら、欲しいものに金はいくらでもかけられる自由があるが、このとき「金に糸目はつけない」と言ったりする。この「糸目」というのは、凧の糸のことなのだ。これによって凧が高く上がる。糸目をつけないとは、金額の上限を決めないという意味になる。

趣味のものになると、少々高くても買ってしまう。今どきではこれを「大人買い」なんて言ったりするが、しかし、実際には一億円もする釣り竿を買う人はいない。やはりどこかに上限はあり、常識的な糸目はしっかりとつけられている。

　ほんの少しでも高く買うことになると、損をしたと反省する人もいるけれど、手に入ったのだから良いではないか、というのが最近の日本人の、特に高齢者の感覚である。若者は、まだそこまで豊かさを実感していないだろう。

　オークションなどは、値を吊り上げて、どうしても欲しいものには、いくらでも金を出してしまう。だが、やはりあるところで、「そこまで出すほど馬鹿じゃない」という限度を感じて引き下がる。このときには、悔しい気持ちはない。何故なら、金を無駄にしなかったという、ある種の満足を感じているからだ。そういう満足を感じられるところが限界値になる。一方、所持金が限界値になって諦める場合には、悔しさが残るかもしれない。そういう人はそもそもオークションには手を出さない方が良いだろう。まえから書いているが、オークションというのは、欲しいものを思い切り高く買う場なのである。みんな、高く買って、その値段を価値だと思い込むことで満足感を抱いているのだ。

　一万円を出しても食べたいというものは、僕にはない。十万円払ってでも着たい服もない。そこまで出さなくても、欲しいものには困っていない。自分の健康や生命でさえ、無限の価値と交換するつもりはない。

62 時間は無料だ、という認識が一般的である。

「Time is money（時は金なり）」なんて言葉があるが、それは、時間を甘く見た言い方である。金よりも時間の方が何千倍も貴重だし、時間の価値は、つまり生命に限りなく等しいのである。by 森博嗣「すべてがFになる」

これは、毎日誰かがツイートしている文章だ。ツイートしているということは、この言葉になにか感じたのだろう。ところが、実際にはみんなが時間を大いに無駄にしている。混んでいるところへ出かけていって、わざわざ列に並んで待ったりする。いつもより少し安いから、という理由だったりするのだ。TVなども、ほんの少しの情報を得るために、無駄なものを目一杯見せられる。正月だからというだけで初詣に出かけたりする。読みたい本があるけれど、図書館で借りるために何カ月も待ったりする。結局、時間があっても自分はなにも生産するわけではない、という諦めがあるのだろう。生きているのが時間潰《つぶ》しになってしまっている。

僕は、人と約束をした時間には遅れずに行く。また、その時間を過ぎても相手が来ない場合は、すぐに諦めて別のことをするためにその場を離れる。つまり、人を待たない。もし、待たなければならない可能性があるなら、あらかじめ待ち時間にできることを決めて、その用意をして出かけていた。最近では、人と待ち合わせをしなくなったので、もうこんな無駄もなくなった。

若いときには、それくらい時間が惜しかった。おそらく、自分は長生きできないという観念が基本にあったからだと思う。周りのみんながルーズなのは、健康に自信があるのだろうな、と想像していた。

家族であっても、時間のタイミングを合わせることは難しい。一緒に出かけるならば、何分後と決めることにしている。そうしないと、待つか、待たせることになる。相手を待たせるのは、大事な時間を盗む行為だから、失礼といったレベルではなく、犯罪に近い、と感じる。世間では、とにかく相手を待たせる人が多く、それくらい当然だと思っている人間までいて、本当に困った。どんなに社会的地位の高い人でも、時間にルーズな人は、それだけで軽蔑に値する。

そういうことも、一人で庭仕事をする毎日になると、どうでも良くなる。自然は、時間を守る。毎日決まった時刻に太陽が出る。時間というものは、狂うことなく、刻々と進んでいるのである。時間を守れないのは、人工的なものばかりだ。

63

最近よく眠れるようになった。

若い頃から、寝付きが悪かった。考え事をする癖があるからか、いつまで経っても眠れない。このため、朝は逆に起きられない。午前中はぼうっとしている。そういう生活スタイルだった。もちろん、仕事がある。朝一で授業がある日は、目覚ましを鳴らして出かけていった。授業に遅れたことは一度もない。そんなプレッシャもストレスになって、よけいに眠れなかったのかもしれない。

そういうことは二〇〇八年頃まで続いたけれど、その後生活をシンプルにしたおかげで、夜はよく眠れるようになった。寝ているうちに死ねたら最高だな、と毎日床に就くときに思うほどだ。

明日の朝に約束があるわけでもない。どうしても急いで今しなければならないこともない。今日できなければ明日でも明後日でも良い。そういう生活だからストレスがまったく溜まらない。ベッドでは、毎晩雑誌を読む。これは英語なので、読んでいるうちに眠くなる。それで電気を消すとあっという間に寝てしまい、朝まで一度も目が覚めない。ぐっすりと眠れる。朝は目覚ましがなくても、ほぼ同じ時刻に起きられる。不思議である。早朝に犬の散歩に出かける仕事があるが、これは起きてから一時間後だ。

だからといって、こういうストレスのない生活をみんなにすすめるわけにはいかないだろう。特に若い人には無理だと思う。ある程度のストレスは、生きていく抵抗であって、それを「生き甲斐」と表現するのだ。今の僕は、生き甲斐がないのかもしれない。しかし、目が覚めると、今日は何をするのだっけ、と思い出し、それを思いつくと、ベッドから跳ね起きることができる。生き甲斐はないが、生きる希望はまだだいぶある、ということである。

ストレスがなくなって、肩凝《こ》りや頭痛がなくなったということは以前に書いた。しかし、毎日庭で肉体労働をするので、筋肉痛は絶えない。穴を掘ったりすると覿面《てきめん》である。しかし、この筋肉痛というのは不思議なもので、痛いけれどやりたい気持ちが勝って躰を動かしていると、いつの間にか痛みは和らいでいる。

今でも一日に五、六杯はコーヒーを飲むが、寝る直前にも飲んでいる。文章を書くときには、コーヒーと音楽が必要だ。この二つが切れれば、即座に寝られるので、良いスイッチになっていると思う。

64

僕的には、模型よりもおもちゃの方がレベルが高い。

模型関係で親しい友人というのは特にいないのだが、知合いは沢山いる。そういう人たちは、「模型はおもちゃではない」というプライドを持っている場合が多い。これは、遊びではなく真剣に取り組んだものだ、技巧を凝らしたアートであり、子供のおもちゃと一緒にしないでほしい、という気持ちがあるのだろう。それは、まあ、そのとおりかもしれない。

日本の場合は特に、模型とはいかに実物を精確に縮小するか、という細かさが評価の主な対象になっていて、技とか器用さが模型製作者の能力だと認識されている。しかし、僕にはこの「実物を真似る」という部分が、模型の限界を最初から決めているように見える。既にあるものをただ精密に写し取るだけでは、つまりは観察し、時間をかけてそのとおりに作り直すだけである。もちろん、どう再現するのか、という部分に工夫があり、クリエイティヴな作業が必要なのだが、それでも、全体としての方向性は最初から決まっている。やることは明らかなのだ。

おもちゃを作るときには、こうはいかない。何を作るのか、をまず考えなければならないだろう。なにしろ、「楽しいもの」「面白いもの」というような抽象的な目標しかない。形は自由だ。最初からオリジナルを発想しなければならない。ここが、おもちゃを製作することの難しさであり、むしろ模型よりも高度な能力が要求される。

小説も、ミステリィとか、トリックとか、どんでん返しとか、そういった方向性が決まっているほど、ただ精密に作れば良い、という技法になる。受け手は、それがわかりやすいので、歓迎もされる。しかし、創作者としての手応えはいずれなくなってくるだろう。なにもかもゼロから発想したい、と考えるようになる。それがオリジナルの世界であって、「創作」という行為だからだ。

もちろん、模型の分野でも、世界的にはフリーランスと呼ばれる、実物のない模型（つまり、自分が実物を想定し、オリジナルデザインで作る模型）が最高峰とされている。「模型は、フリーに始まり、フリーに行き着く」と言われている。初心者は自由に作り、そのうち実物を精密に再現したスケールモデルを作れるようになり、さらにもっと上級者になると、再びフリーを作るようになる、という意味である。日本人の模型マニアは、まだこの分野では遅れているように僕には見える。

65 場所は、人間の思考から切り離すことができる。

小説の舞台となった地を訪れ、ここであのキャラクタが活躍したのか、なんて感慨に耽《ふけ》ることができる。城跡へ行けば、戦国武将に思いを馳《は》せることもできる。このように、その土地に自分も立つことで、なんとなく雰囲気みたいなものが感じられる、ということだろう。ＴＶではこんな「探訪」がよく演出されている。

しかし、たとえば、大学のキャンパスへ行って、そこを歩き回り、生協食堂で食事をしても、大学という場を知ることにはならない。大学の研究は、大学の中で行われていても、その実は、人間の頭脳の活動であって、その人間がどこにいるのか、とはほとんど無関係だからだ。

ものを考える環境は大事ではある。喧《やかま》しいところでは気が散る。あまりに暑いとか寒いというのも苦になる。思考に適した場所はたしかにある。しかし、一度思考の中へ身を投じてしまえば、見えているものは別のものになる。聞いている言葉も別のものになる。その場にあるものではない。既に、その場にいないのと同じだ。

たとえば、ガリレオとかダ・ビンチが活躍した地へ行っても、彼らの業績に近づくことはできない。その雰囲気を再現して小説やドラマを作る人には、必要な情報かもしれないけれど、それよりも、遺っている資料を調べ、図や文字や数式を理解することの方が、本当の「探訪」になるだろう。

これは人だけの話ではない。ドイツを知りたかったら、ドイツへ行くに限る、というわけではない。ドイツに一度も行かなくても、ドイツの通になれる。むしろ書物を精力的に調べる方が効率が良い。現地へ行くことは、ほんの一部を瞬間的に捉えるだけで、かえって誤解を生みやすい。「実物を見て、手で触れて」などと言うけれど、それが必ずしも正しいわけではない、ということ。

特に研究者になると、論文を読み、研究成果をトレースすることで、その人に近づくことができる。その人を知ることになる。だが、会ったこともないし、顔も知らないのだ。それでも、それが「知っている」ということになる。会って、顔を覚えることが人を認識することではない。そういう場合があるという例だ。

現地を歩き回ってもわからなかったのに、地図を見ていて気づくことも多い。スケールによって見えるものと見えないものがある。たとえば、地球儀を見て気づくのは、「ロシアって、思ったほど大きくないな」ということか。

66

「新」がついている古いもの。

日本人は、「新」が好きだ。これは、高湿のせいであらゆるものが腐りやすい、という風土が関係しているだろう。日本以外のところで、「古」と「新」のどちらが好印象か、と尋ねてみれば、違いが歴然となるにちがいない。日本人は、ほとんどが「新」と答えるはずだ。ヨーロッパなどでは「古」がわりと重んじられている。古い物は、良いものだからこそ残っている、とイメージするからだ。

かつては、「若」よりも「老」の方が良いイメージだった。「老」がつくものは、立派で強く尊敬に値するものであり、「若」は、未熟で弱いものと見なされた。最近、年寄りが増えて多数派になったし、老年でも元気な人も増えているけれど、どうもみんなが「若く見られたい」とやっきになっているようだ。「新」が好まれるのも、「若」と同じような、新鮮さがあるわけで、それは裏を返せば、現状のマンネリ感(最近流行の閉塞感《へいそくかん》)を打破してくれるもの、と期待してのことだろう。

そういうイメージ先行から、「新党」とか「新社」という名前をつけたがる。「新町」という地名も多い。建物でも、「新館」があって、古くなって取り壊されるまで新館のままだ。

名づけたときには新しかったのだが、その後、しだいに名前が実を伴わなくなる。新幹線などもそうだ。いつまで新幹線なのか。リニアが開通したら、そちらを新幹線にして、今のは単に「幹線」にすれば良い。もともとは「本線」があって、そこにできたのだから、「新本線」でも良かったのに、とは思う。「新幹線」は英語もShinkansenで、既に固有名詞になってしまっている。

政党などは、若い議員で構成されているなら「新党」も良いかもしれないが、高齢者ばかりなのだから「日本老党」くらいにすれば、ウィットがあるし、意味的にもおかしくない。離党して反旗を翻《ひるがえ》すのなら、「ノー新党」くらいでも面白い。駄洒落じゃないか、と言われるだろうが、だいたい野党の少人数の党というのは、なにに対しても「ノー」しか言わない。特に新しい思想を感じる「新党」もない。

駄洒落ついでに、「ナウ新党」でも良い。いつまでも新しいという願いが込められていそうだ。今どきだったら、「新党ナウ」でもグッドである。

出版関係では「新書」というわけのわからない呼び名がある。「新本格」なんていうのも、だいぶ古くなった。これからは、「新文学」が来るのではないか。

67 映画も漫画もＴＶも殺し合いばかりやっていた。

西部劇については、このまえ書いた。僕が子供の頃には、毎週一つは西部劇をやっていた。悪者はつぎつぎ撃たれて死んでいく。血も出ない。西部劇ではないが、戦争映画も非常に多かった。ドラマになっているものも多く、ヘルメットを被ったアメリカ軍が活躍する。ドイツ兵は次々撃たれて死んでいく。

ベトナム戦争くらいから、少し様子が変わってきた。映画でも、戦争の悲惨さ、異常さを描くようになった。それまでがあまりにも美化されていたから、ほんの少しリアルにするだけで、ぎょっとするほど凄惨《せいさん》さが際立ったのだ。

これは、チャンバラでも同じだろう。ばったばったと悪者を斬るのがヒーローだったが、あるときから血が流れるようになり、死に物狂いの斬合いを見せるようになる。リアルに近づけると、必然的にそうなる。

西部劇の影響で、男の子はみんなピストルのおもちゃを持っていた。小学校の前にある文房具屋さんで売っていたのだ。今考えたら、教育的にいかがかとなるが、当時は誰も気にしなかった。それに、その当時子供だった（たとえば僕）が、それで暴力的な人間に育ったとは思えない。同様に、プラモデルといえば、零戦とかドイツの戦車だったし、漫画にも零戦とか戦車は沢山登場した。古い漫画だと、のらくろなんかが有名で、復刻で読んだりしたが、やはりあれはTVアニメにはしにくかっただろう。戦争しているし、差別しているし、むちゃくちゃだった。ただそれでも、のんきさがとても面白かった。

子供たちは、ピストルや戦車のおもちゃを「格好良いな」と思ったはずだが、だからといって、人殺しに憧れたわけではない。そこにはまぎれもない一線があることを子供でもわかっていた。それがわからない人間が、「子供にそんなものを与えるなんて異常だ」と反対をするのである。

スポーツでは、今も「巨人軍」と言ったりする。戦うのだから当たり前だ、ということかもしれないが、スポーツは「戦う」のではなく「競う」のではないか、とも思う。どちらでも良いか。

最近起こった戦争になると、いろいろ多方面から文句が出るのに、戦国時代の武将については、それがないのはどうしてだろう。「戦国自衛隊」というSF映画があったが、あのとき、自衛隊が戦ったのは、集団的自衛権の行使だったのだろうか。

68 「どっきり」の何が面白いのか、僕にはわからない。

悪戯で「びっくり箱」というものがあって、子供の頃にわりと流行った。しかし、その後はあまり聞かない。触ると感電する箱なんかもあったが、やはり、むやみに人を驚かしてはいけない、というマナーが優先されたのだろう。

どっきりというのは、一言でいえば「下品」である。下品なものは、面白くて笑ってしまうかもしれないけれど、どうしても「不快感」が伴う。人が慌てるところを見て笑うなんて、ということだ。TVは、これをとにかく繰り返している。こういうことばかり考えているから、どんどんつまらなくなったのだろう。その象徴みたいなものである。笑わせるなら、もう少し上品なユーモアを基本にしてもらいたい。

結婚のプロポーズをするとか、娘が妊娠しているとか、そんな動画ばかり流しているが、ワンパターンとはこのことだ。ほかに喜ぶことがない人たちが見られるだけで、面白くない。それに上品でもない。人間は、もう少し複雑な感情を持っているはずだ。あまりに単純すぎる点が、最初は愉快だが、二度以上になると厭《あ》きる。

昔から、夏になるとお化け屋敷があちらこちらに現れる。しかし、それらは腰を抜かす人を見て笑うという遊びではなかった。びっくりする体験自体が刺激的だったのだ。お化けを演じている側は笑ったりしない。お客さんに対して失礼だからだ。つまり、びっくりはさせるけれど、恥をかかせるようなことはしない。肝試《きもだめ》しで、友達を笑うようなことがあったかもしれないが、これは素人であり、友達に対する「どっきり」になる。もともとは、墓場を通ってこられたら合格、というように扱われたもので、やはり恥をかかせることが目的ではなかったはずだ。

人に恥をかかせ、それを見て笑うのは、笑う人間も恥であるし、非常に卑屈である。どっきりを仕掛ける側が卑屈だということだ。相手を驚かせないとプロポーズができないのか、そんな「特別」しか演出できないのか、というふうに感じる。

たしかに、驚かされて喜ぶ人もいるだろう。そこまで準備をして自分を驚かせてくれた、と考えるのだが、実に好意的である。そこまで好意的な人を驚かすのだから、性格が悪いとしかいいようがない。もし、驚かすならば、その人だけにすればまだ良い結果になる。周囲に見物人を配しておく点が大変にいやらしい。見せ物にしている点が貧しい。そこが下品だということに気づいていない。単に興奮したい症候群といえる、覚醒剤に手を出す人と似ているかも、とまで思えてしまう。

69 夢で多いのは、不動産関係とゼミ旅行と学会かな。

毎日複数の夢を見ている。起きたときに夢を覚えている。とても楽しいし、小説家になってからは、使い道もできた。アイデアの宝庫だ。

パターンとして多いのは、不動産を見せてもらうもの。これは、やはり土地や家を探していた時期があったので、そのせいだろう。次は、ゼミ旅行にいくもの。学生たちを連れて、知らない土地を訪れる。知っている土地もあるけれど、実際とはまるで関係がなく、夢によく出てくる土地、街、国、地域がある。鉄道とか建物が特徴的で面白い。それから、学会に出席する夢。これは、国際会議とかシンポジウムが多い。外国人がいて、なかなか言葉が通じない。発表の場面ではなくて、パーティとか見学会の場面ばかりである。

たいてい、どこでも僕は忘れ物をする。準備していたのに、うっかり忘れてしまう。気づいたときにはもう取りに戻る時間がなくて、なんとかその場で誤魔化《ごまか》さなければならない。困ったな、というところで場面が変わったり、あるいは起きたりするので、しばらくは「困ったな」という気持ちだけが残留し、そのうちに、まあ、このままうっちゃっておけば良いか、と思い、さらにしばらくして、ああ、夢だから誰にも迷惑はかからないのだ、良かった良かった、となる。

ミステリィを書き始めた頃には、ミステリィもよく見た。これは使えるぞ、というトリックは、夢から醒《さ》めると、大したことはない。やはり、夢の中では論理的な思考ができていないので、辻褄《つじつま》が合わない、ということもある。しかし、その雰囲気というか、不思議な様子は小説にそのまま使える。この抽象性が最も使い道がある。雰囲気というのは、さあ雰囲気を設定しよう、と考えても簡単に思いつくものではない。経験したものか、夢で見たもの、というのが使いやすい。そうでないと、まず具体的なもの、つまり自然とか天候とか景色とか地形とか建物とか大道具とか、そんなものをすべて頭の中で配置しないと、雰囲気を醸《かも》し出《だ》すことができない。なにもないところに煙のようには立ち込めることはないからだ。

僕の場合、恐い夢とか、悲しい夢というのは、滅多に見ない。ジャンルとしては、完全にハリウッド映画に近いエンタテインメントだ。そういうものを見たいと思っているから自分で捻《ひね》り出《だ》しているのだろう、と思う。はっきり言って、小説のネタには困らない。困ったら寝れば良い、という安気な仕事である。

70 人間の物差しは伸び縮みする。

同じ文章を読んでも、「優しい」と感激する人と、「冷たすぎる」と憤慨する人がいる。ある人は、「難しくて読みにくい」と言い、別の人は、「わかりやすく読みやすい」という。こういったとき、多くの人は、その文章に対する評価をしているつもりなのだが、実は、それぞれ自分の感性を言葉にしているにすぎない、ということがわかる。景色を見て「綺麗だ」と感じるのは、その人の心であり、景色の特性ではない、ということだ。

もう一つ導かれる大事なことは、自分の尺度が絶対的なものだと思わない方が良いという点だ。人の物差しは、変幻自在である。しかし、自身の変化には、自分ではあまり気づかない。体調の変化には敏感でも、感性や審美眼の基準となるものの変化には目を向けない。それらは、気分や感情や経験や立場や、とにかくあらゆるものの影響を受けている。受けていることを知っていれば、意識的な修正ができて、もう少しましな評価が可能になるけれど、知らずにいると、もう揺れ幅がめちゃくちゃである。こういう揺れ動く評価を「ぶれる」と言う。だから、ぶれないためには、自分の感情が及ぼす影響を把握している必要がある。

では、ぶれない審美眼にはどんなメリットがあるだろう。それは、他者がその審美眼を信頼することができる、ということである。だから、他者なんかどうでも良い、という人はぶれまくっていればよろしい。僕がよく「ぶれたい」と発言しているのは、そういう意味だ。しかし、人から信頼を勝ち取りたいという人は、ぶれているとうまくいかない。人間関係というのは、止まり木のようなもので、ときどき他者の心が飛んできて、そこに止まるわけだが、ぐらぐらしていては、止まることができない。しっかりと安定している心の止まり木が、信頼と呼ばれているものだ。

他者には、貴方の気分というものは無関係であって、ただ、美しいのか美しくないのか、という情報を欲しがっている。だから、貴方は、自分の感情を超えて、もっと別の基準で美を評価しなければならない。それは、理屈でも良いし、もっと感覚的なものであっても良いが、作品以外の好き嫌い、損か得か、過去の経緯とか未来への打算とか、そういったものをすべて排除しなければならない。それができているかどうかを見極めてから、自分の意見を表に出そう。

意見とは、他者へのメッセージであり、自分を認めてもらう基本となる。

71 僕は頑張らない人間です。

なにものにも拘《こだわ》らない、というポリシィについては何度も書いているが、最近、どうしてこんな人間になったのか、という一つの有力な要因を思いついた。それは、僕の弱さに起因している。僕は普通の人のように頑張れない人間なのだ。頑張らないのか、頑張れないのかは深く追究していないが結果は同じだ。とにかく、みんなにはできるような無理が僕はできない（したくない）。体力的なこともあるし、気持ちの問題かもしれない。

頑張れないとわかっているから、あらかじめなんでも考えておく癖がついた。頑張らなくてもできる方法を考え、予定を立てる。いざというときに踏ん張れないのだから、こうするしか道はなかったのである。

それから、儀式が嫌いなのも、同じ理由だ。儀式というのは、みんなで「頑張ろう！」と気合いを入れる目的のものが多い。そんなことは僕には無意味だ。「頑張ってね」と優しく言われても、「いえ、できません」という気持ちになるだけで嬉しくない。気合いを入れるために集まる時間があったら、なにか対策を考えた方が良いだろう、と思えてしまう。大勢が集まって、酒を飲んで、なんのメリットがあるのか、と、いつも首を傾げていた。自分としては、その時間が惜しいだけだ。

それから、会議が嫌いなのも、同じ理由だ。会議というのは、結局は、「しかたがない、頑張ろう」という合意を得るためのものだ。僕は、しかたがないとは思わない。もっとやり方があるだろう、と考える。さらに、会議は予定の時間を延長して、延々と時間を潰すのだ。そういうのも、僕は頑張れない。やめてほしいと思ってしまう。会議が長くなるなら、なにか手を打てば良いのに、どうしてだらだらと時間を過ごすのか、と感じる。

とにかく、みんな頑張り屋なのだ。そして、お互いに自分がどれくらい頑張ったかを主張し合っている。「これだけ頑張ったのだから」と理由を口にするが、僕には、それは理由だとは思えない。結果がどうなのかが問題だ。頑張っても頑張らなくても同じ結果が出せる。だったら、頑張らない方が良いのではないか、と。

スポーツのように、その場になったら、もう頑張るしかないというものはある。しかし、大事なのはそれ以前の練習だろう。普通の人間の活動でも、準備があって計画があって結果が出る。頑張ることは、必ずしも絶対に必要なことではない。

72 捨てることを考えないと、ものは売れない。

ものを買いたいという欲求は誰でもある。これはつまり金を使いたい、消費したい、という欲求だ。僕自身にはあまりないのだが、僕の奥様を観察していると、この傾向は顕著《けんちょ》である。彼女はお金を支払ったその瞬間が一番楽しそうだ。自分のものでなくても良い。家族のものでも、犬のものでも、なにか買ってあげられた、というだけで満足している。本来ならば、買ったものを使うときにこそ喜びは最高潮になるはずなのに、そうならないのは不思議である。

ところで、この品物を自分のものにしたい、という欲求を、比較的上の年代は強く抱いている。今の若い人を見ると、明らかに違う。彼らが消費するものは物体ではなく、エネルギィや情報なのだ。

今の人たちは、美味しいものを食べたいとか、楽しい時間を過ごしたい、という気持ちの方が優先される。だから、品物ではなく、料理とか、エンタテインメントを好む。後者は、これまでは書籍やレコードやおもちゃなどの品物として提供されたが、今では情報になった。これらは、いずれも買ったあと物体が蓄積しない。部屋が狭くならないのである。

生活のスタイルが、このように変化していることは、特に都会では著《いちじる》しい。都会の人が買うときにまず考えることは、「置き場所があるか」という問題だし、さらには、「古いものを捨てられるか」なのである。それくらい、場所が貴重になったし、ゴミが捨てにくくなった。

宅配を利用したネット販売も、今一番の問題は、梱包材《こんぽうざい》の処理だ。毎日ネットショッピングしている人は、段ボールを捨てることで頭が痛いだろう。有料でも良いからこの処理をしてほしい、と思っている人は多いはずで、まもなくビジネスとして成立するだろうと、十年以上まえに書いたことだが、なかなかそうならないのは、買い物が品から情報へシフトするスピードが予想以上に速かったからだろう。

ぬいぐるみを旅行させてくれるビジネスが始まったそうだが、ぬいぐるみではなく、自分のエイリアスを旅行させてくれて、各地に自分が立っている写真を作ってくれるビジネスがまもなく登場すると思う。情報も沢山得られて、友達に「行ってきたよ」「こんなものを食べた」「こんなことがあった」と話せるようになるだろう。それは、別に嘘でもなんでもない。今の旅行と何が違うのか、というくらい同じだ。

73

生態系というものを、どれくらいの人が考えているだろう。

庭にブルーベリィの樹がある。春になって、ここに野鳥がよく止まるようになった。見ていると花の中へ嘴《くちばし》を入れている。見つけたら追い払っていたのだが、家の中から見て、出ていくのも面倒だ。そこで、小さな風車を樹に取り付けた。これが風でぶんぶん回るので、鳥が来なくなった。めでたしめでたしと思っていたら、二カ月後には葉が半分になってしまった。つまり虫が食べたのである。鳥が来なくなったためだ。風車をつけていない方は葉がちゃんとある。

人間に都合が良いものを益鳥、益虫と呼び、都合の悪いものは害鳥、害虫と区別している。しかし、害があるからと駆除すれば、自然のバランスは崩れてしまう。そもそも、人間という動物が増えすぎていることを忘れてはいけない。

大勢の人間が生きていくためには、食料やエネルギィが必要だ。食べ物の場合は、農業や畜産業が進歩して大量生産をしていて、ここにも膨大なエネルギィが投入されている。たとえば、植物を育てるためには化学肥料が必要であり、その肥料は工場で生産されている。とにかく最大の消費は、火を燃やすことだろう。化石燃料をどんどん燃やしているから、空気は汚れる。二酸化炭素は増える。大勢の人が大気汚染で亡くなっているし、温暖化の影響で異常気象となり、土砂災害や洪水、そして竜巻の被害も頻繁に出ている。

ただ、それでも、人間が何人死んだか、ということでしか「害」は表沙汰にならない。そうではなく、もっと沢山の生命が失われ、生態系の循環が崩れている。はっきり言って、これらは、原子力発電所の事故などよりも、何倍も大きな問題である。ずっと深刻な地球環境の危機なのだ。

今はとにかく、化石燃料の使用を制限するくらいしか手がない。火力発電に依存すべきではない。原子力発電が駄目だというならば、電気をそれだけ使わないようにするしかない。その選択を迫られている。日本は今、これまで一番火力発電に依存している状態であって、もの凄い異常事態だという認識を持つべきだ。世界から非難されないのは、原発事故があってまだ間がないため、大目に見られているだけだろう。

僕は、原発に賛成しているわけではない。ただ、火力発電の方が危ない、と主張しているだけだ。原発よりも火力をさきに半減してもらいたい。子供たちの未来のために、何故みんながそう主張しないのか、と不思議でならない。

74

太陽光発電と風力発電は、いちおう実験してみた。

工作を楽しんでいるので、こういうものには自然に手が出る。ソーラ・パワーの小さなパネルがハンズで売られていたときに買っておいた。二千円くらいだった。それで、回せる省電タイプのモータとギアボックスもタミヤが発売している。これを使って、電車を作った。試してみたら、ゆっくりだけれどよく走る。冬だったので庭の樹は全部葉を落としていた。だから走ったのだ。夏は木蔭になるからこうはいかない。

普通の電池で走る電車はよく作っている。一年に十台は作る。それらは、いつでも走る。単三か単四電池を二本入れているが、今まで電池がなくなって取り替えたことはせいぜい各車両で一度か二度である。今の電池はそれくらい長持ちするのだ。乾電池は百円もしない。これで十年くらいになるものもある。この分でいくと、ソーラ・パネルの元が取れるのは、たぶん五十年後くらいだろう。

風力発電も本を二冊ほど読んでから自作してみた。一つは、自転車の発電機を使う方法で、これはまったく駄目である。とにかく発電量が小さい。直径一メータくらいのプロペラを、かなり風の強い日に回しても、発光ダイオードを灯すくらいしかできない。これだと、乾電池と比べても、百年くらい回し続けないと元が取れない。普通のモータを使って、発電させた方がもう少しましだった。しかし、庭に二千基くらい発電のプロペラを立てないと、人を乗せる機関車の電力にならない。馬鹿馬鹿しいほど微々たるレベルである。

この頃、広い土地に太陽光発電のパネルを並べている場所が日本のあちらこちらにあるようだ。それよりは、果樹園でもやった方が有効なのではないか、と思えるが、補助金欲しさのビジネスなので、まあ、しばらくは多少の利益はあるのかもしれない。少なくとも、パネルを売った企業と、工事をした会社はビジネスになっている。

風力発電は、三十年以上まえに、既に今の発電が実用化されていた。効率を高める研究も熟成していた。しかし、いまだに広くは普及していない。不規則なものを相手にする難しさがある。

オランダに昔からある風車も、日本の田舎にあった水車も、いずれも粉を挽《ひ》くためか、水を高いところへ汲み上げるために使われていた。それは、まだ電気も蒸気エンジンもなかった時代だから成立した技術だ。今は、それを建造するためのコストが、まったくペイできない。あれば多少の足しにはなる、という程度である。

75 「だから日本人は駄目なんだ」と言わなくなった。

これは、僕の年代はずっと耳にしてきた物言いで、もう耳に胼胝《たこ》ができた。またそれか、という反応になってしまうが、しかし、自分もときどき、「海外ではこうだ」なんてことを書いているので、人のことは言えないかもしれない。

日本人の悪いところを散々指摘してきたのが、戦後の一つの文化だっただろう。どうも海の向こうには輝かしい世界がある、という幻想をみんなが持ったと思う。若者の多くは海外の生活に憧れ、現に留学希望者も多かった。

知らないうちに、これは下火になった。海外の悪いところが沢山紹介されるようになり、破綻した国や戦争の絶えない国、自由が束縛されている国、などなど、問題を抱えた国々が見えてきた。それに比べれば、日本はそこそこ良い国なのではないか、と今は大多数の日本人が感じているだろう。僕もそう思っている。

今の若者は、海外へ出ることに対して、かつての若者よりも消極的だ。海外の文化を取り入れる傾向も弱まった。つい十数年まえまで仲良くできていたのに、今はお互いに非難ばかりするようになった隣国もある。もう少しまえには、新聞や学校の先生たちが、理想の国だと言っていた共産圏の国々が、崩壊したり、独裁国家になったりしている。最近では、さすがにマスコミも、「日本の良いところ」みたいなものを取り上げるようになった。以前とは正反対だ。

まあ、以前があまりにも自虐的だったとは思うし、今はややナルシストっぽくなっているな、と僕は感じている。そこまで自虐的にならなくても良かったし、そうかといって、内ばかりに目を向けるのもよろしくない。日本人のここが立派だなんて、自分たちで言い合って満足しているのは、自惚《うぬぼ》れというか、それこそ自己満足である。

大切なことは、国の内外に、どのような違いがあるのか、ということを把握し、理解することだろう。それをせずに、憧れたり、嫌ったりするのはおかしい。それから、国という人格として見てしまいがちで、その国の人たち一人一人はまた違うという当たり前のことを忘れないことだ。日本人の中にもいろいろな人間がいる。

さらに大切なのは、こんなに平和で綺麗で過ごしやすい日本になったのは、誰のおかげかということである。それは日本人の努力とか日本人の真面目さとか才能とか、平和憲法とか伝統的な文化だとか、いろいろ言われているけれど、どれかだけのおかげではない。しいて一番大きなものを選ぶなら、それは「偶然」である。

76 奥様が「幸せだね」を連発するのでビビっている。

そういうことを言わない人だったが、最近歳を取ったせいだろう、よくそう呟くのである。それから、先日、僕が庭に風車（高さ一・五メートルくらいのオランダの風車の模型）を建てたら、「君はなんでも上手に作るね」とおっしゃった。今まで、そんなこと言われたことがない。せいぜい、「役に立つものは作らない方針？」くらいの疑問を、好意的なものと解釈して受け取っていた程度である。

このまえ書いたが、昨年、彼女は救急車で運ばれて一週間入院した。アレルギィである。退院したあと、めちゃくちゃハイになって、なにを食べても美味しい、と食べまくっていた。この春から、庭で毎日苗を植えたり、レンガを敷いたりしていて、「面白いよね」「毎日が楽しいね」などとおっしゃるのである。どこかで人格が入れ替わったのではないか。

もしかして、もうすぐ寿命が尽きると覚悟をしたのかもしれない。もちろん、それは正しい。人間は例外なく誰でも、もうすぐ寿命が尽きることは明らかだからだ。覚悟はないよりはあった方が人生が楽しめるだろう。けっこうなことである。本当の幸せ者になったといっても過言ではない。

僕のことを褒めるというのも、極めて異例なことで、風車に対するコメントでは、腰を抜かすほど驚いた。「なんでも」って何ですか？ときき返したくなった。今まで褒められたことがないし、作った品々を彼女が認識しているかどうかも怪しい。なんでもとは、たとえば何のことだろうか？　少なくとも小説ではない。小説は読んでいないはずだ。庭にあるものといえば、昨年はトンネルを造った。あれのことだろうか。そういえば、よしもとばななさんもトンネルを褒めてくれた。でも、自分では正直今ひとつだと思っている。

ツリーハウスを作れとか、ガゼボ（東屋みたいなもの）を建てろとか、要求は出るのだが、僕は工作については現実を見つめる方なので、費用と労力がかかるうえ、失敗しそうな気がして躊躇している。建築屋さんに作ってもらった方が安いし確実なのではないか、と考えてしまうのである。

僕も庭でいろいろ活動しているけれど、彼女と一緒に作業をすることはなく、いつも遠く離れている。犬が二人の間を行き来していて、メッセンジャみたいなものだが、そもそもメッセージがなにもないので、犬はただ顔を見にくるだけである。

77

夢を叶えるなんて大したことではない。日常である。

僕は「人はなりたいようになる」「望めば必ず実現する」などとときどき書くのだが、綺麗事を言っているように聞こえるだろう。「いくら願っても夢は叶わない」と言ってくる人もたまにいる。それは、その人が、「夢は叶わない」と信じているから、そのとおりになっているんですよ、と僕は答えるしかないが。

たぶん、「夢」という言葉の定義が違うのだろう。僕の夢とは、たとえば、明日は天気が良ければ、草刈りをして、雨だったら、工作室で板を切って、明後日の準備をする、ということだ。これが僕の夢である。明後日の夢もあるし、もう少しさきの夢もあるが、まずは明日の夢を叶えないと、そのさきの夢はドミノ倒しになる。一回でもさぼったら、大きく後退することになるものは多い。それを知っているので、地道に少しずつ実現していくしかない。

望むものも、夢も、このように自分ができそうなことに対するチャレンジであり、そのための計画を持ち、スケジュールを組まないと、まず最初のステップを踏み出すことができない。そのステップが希望であり夢なのだ。「いくら望んだって、実現しない」と言っている人は、その最初の一歩を踏み出そうとしていない。そんな面倒なことは自分にはできない、と思っていて、つまり、自分の思ったとおりになっている。これは、希望しているわけではなく、希望できないと思っている状態だ。

自分にはできないと予想しているから希望できない、と認識している。それは正しい。それよりも、自分のできそうなことを探せば良い。できそうにないことを、「どうせできないんだ」とわざわざ言葉にしなくてもわかっている。無理なものは無理だ。

人生というのは、タイムマシンを手に入れたいと希望しているようなものである。

生きることができる。例外なく夢を叶える活動である。自分が思ったとおりに、毎日をかるだろう。なにができてなにができないのか、もう十代にもなればほぼわかるだろう。できることは少なくても、できそうなことに近づき、できるようになることを少しずつ広げる。それくらいはできるだろう。今日は望めなくても、明日になったら望めるかもしれない。それが明日の夢になるのではないか。

若いときほど可能性がある、なんてことは言いたくない。いつでも、誰にでも可能性はある。ただいつも、失敗する可能性も考えておこう。失敗したら、そこで夢を修正しなければならない場合もある。でも、やり直しは何度でもできるのだ。

78 無理をしない余裕が、仕上げの美しさになる。

時間ぎりぎりで出来上がって、慌てて品物を届けにいく、といった仕事をしていると、いつまで経っても腕は上達しないだろう。良い仕事とは、常に時間的な余裕を持って、〆切よりも早く仕上げ、後片づけを綺麗にして、次の仕事に備える。それから、ゆっくりと品物を送り届ける。こういった姿勢で作業を進めると、仕上げのときに、落ち着いて、静かに、心を込めることができる。このとき、初めて技の冴えというか、入魂という域に達する。美しさを感じる余裕がなければ、美しく仕上げることはできない。

〆切に間に合わせることが、仕事の目的ではない。要求されるものに応えるというだけでもない。作業の中に、自分が創り出す美を見つけることが、最大の関心事である。仕事は相手があることだから、相手が喜べば良い、と考えるのは、やや志が低いともいえる。

美を見つけたときに、自分の喜びに出会える。美を見つけるごとに、自分は高い位置へと上がっていける。それを体感するのは自分だけだ。喜びとは、そういうものである。

心静かであるとは、つまり慌てないということに近い。だからこそ、時間的な余裕が必要になる。速く進めるところをゆっくりと行く。それはまるで、走れるけれど、ゆっくりと歩くような時間であって、周囲が見え、数々の香りに出会い、沢山のものを感じることができるだろう。

どうして、自分は成長しないのか、どうして自分には出会いがないのか、という不満を持っている人は、自分がどれくらい余裕を持っているか、を確認してほしい。ぎりぎりの仕事をしていないか。慌てて仕上げていないか。そして、何故そうなってしまうのか、と考えてほしい。前半のどこかで無駄になっている時間はないか。あるいは、何故、最初からぎりぎりで仕事が来るのか。

部下にさぼらせないように、わざとぎりぎりで仕事を下ろす上司もいる。早めに頼むとろくなことがない、と知って、そういう策に出てくるのだ。上司だけの問題ではないかもしれない。過去のことも振り返ってみよう。

試験とか、競争とか、とにかく余裕のないトライアルをやらされてきた。でも、大人になったら、余裕を自分で作ることができるのである。

79 目は痛くなるが、耳は痛くならない。

僕はよく目が痛くなる。目が疲れるのだ。細かい文字を長時間読んでいると涙が出るくらい痛くなることもある。これは若いときからそうだった。少々のことは我慢して仕事をしていたが、耐えられなくなったら、別の作業に切り換えていた。

耳が痛くなることはない。子供のときに、中耳炎になったが、あのときは痛かった。しかし、どんなふうに痛いのか忘れてしまった。

自分に都合の悪いことを言われると、「耳が痛い」なんて言うが、そういう痛さも味わったことがない。自分に都合の悪いことを言われたことがないからなのか、それとも誰がなにを言おうと気にならないからなのか、いずれかだろう。

自分に都合の悪いものを見せられても、「目が痛い」とは言わない。「見たくない」とは言う。つまり、目は意図して瞑ったり視線を逸らしたりすることができるので、見たくなかったら見ないでいられる。耳は閉じられないから、どうしても聞いてしまって、耳が痛くなるのだろうか。

けれども、森博嗣のエッセイを読んで耳が痛くなった、と大勢が呟いている。エッセイは、耳で聞くのではなく、目で読んだはずなのに、耳が痛くなるのか。目が痛くなったのではないのか。というか、痛くなるのは頭ではないのか、とも思う。

僕が書いていることが、その人が実践できないことだったりすると、こうなるようだ。しかし、そもそも書かれていることが変だったり、納得できないことだったら、耳は痛くならない。痛いと感じるのは、自分でも薄々わかっている「痛み」だからである。つまり、耳が痛いことを自分で実践していて、それを言われるから「わかっているけどね」とぼやいているわけだ。

考え方はわかるけれど実践はできない、という人は多い。僕は、ただ考えたことを書いているが、自分が実践できているかなんて確認していない。たいていはできているけれど、できない場合もあるだろう。いつもいつも杓子定規《しゃくしじょうぎ》にやっていたら、躰のどこかが痛くなるはずだ。この杓子定規という言葉も、曲がっている杓子を定規として使うと大間違いの元になるよ、という意味もあるので、そのとおりである。

だいたい、実践って何だろう？　ものごとを考えることは実践だろうか。考えただけでは実践ではないようにも感じる。

人の耳が痛くなるようなことを書くが、内容にかかわらず、手は確実に痛くなる。

80

ちょっとやそっとで感極まってほしくない。

「号泣」と同じかもしれない。最近、感極まる人が多い。人前で感極まって涙を流す場面がよく放映されている。もちろん、ほとんどは良い場面だ。感極まるのは、基本的に良いことである。感激が大きいとか、もの凄く感動する、ということなのだから、悪くはない。ただ、極まるというのは、「限界に達する」という意味だから、見ていて、「君の限界は少々低くないですか」と言いたくなる僕の気持ちを書いておきたい。ちょっと設定が間違っていないか、みたいな感じである。「一日に何回くらい感極まっているの？」と意地悪な質問もしたくなる。

物事を訴えるようなときでも、感極まる人がいる。これは、何だろう。訴えている自分に感動しているのだろうか。つまり、立派に人前で話ができるようになった、という感動だろうか。よくわからない。単に興奮しているだけなのではないか。こういうときに「感極まった」と周り（マスコミ）が言うから、意味がわからなくなる。

もしかして、過去に誰も知らないようなトラウマがあって、それで感極まったのかもしれない。わかりにくいから、むやみに感極まらないでね、と言いたくなる。

感動で泣くのも、辛さで泣くのも、とにかく人前で泣くことは恥ずかしいことだと認識してもらいたい。人前で興奮して声を荒げるのもいけないし、馬鹿笑いするのもいけない。え、笑うのもいけないの？と今の人は言うだろうけれど、そのとおり、かつては笑うときは口を隠し、顔を背けたものだ。笑い顔を正面から見せたりはしなかった。このように、感情をストレートに表に出すことは、人間としてのマナーに反する、と考えられていた。自分の感情さえコントロールできない、意思の弱い人間（つまり馬鹿）だと認識されたのだ。

今でも、その文化はある。たとえば、セレブの人たちは、そういう振る舞いをしない。政治家もしない方が良い。どこかの県議だったか、泣いて記者会見した人がいるそうだが、もうそれだけで、信頼できない人格だと判断しても良いだろう。その程度の感情を抑制できない人間に、どうして大勢の意見を取りまとめるような仕事ができるのか、ということである。馬鹿正直だから良いではないか、と思う人もいるだろうけれど、馬鹿正直というのは、つまり犬とかコンピュータのような存在だ。人間は、正直でなければならないが、それ以前に馬鹿であっては困る。これは能力の問題ではなく、礼儀とか約束に対する「姿勢」のことである。

81 政党って、何の違いで分かれているの？

このまえ、野党が細かい政党に分かれているのが駄目だ、というのを書いたのだが、反響はまるでなかった。「選挙に行かないと駄目だ」と言いすぎる話も書いたが、これも特に誰もなにも言ってこない。森博嗣がそんな話をしても、政治はなにも変わらない、ということが皆さんよくわかっていらっしゃる。僕は大変安心した。

沢山の政党があって、しかもその中で分かれたり、くっついたり、また新しい党を作ったりしているけど、そもそも政策にどんな違いがあるというのか。マニフェストを見てほしい、と言われるかもしれないが、見ても、とんでもなく細かいことしか書いてない。僕としては、そんなのどうだって良いのに、というレベルの話ばかりだ。

税金の数パーセントとか、どこに補助金を付けるとか、ディテールはどうでも良いから、もう少し基本的な理念を明確にしてもらいたい。その理念が、各政党でどのように違うのか、を示していただきたい。共産党とか社民党になると、違いがわりとはっきりしているが、それ以外は全部同じに見えるのだ。

現に、民主党が鳴りもの入りで政権交替したとき、日本の社会のどこが変わっただろうか。一番変わったのは、総理大臣をいろいろな人に試しにやらせて様子を見る、という点だけだったではないか。けっこう斬新なやり方だったが、もちろん成功したとはいえない。最初から野田《のだ》氏を出しておけば良かったのに、不思議な人材をさきに試してしまったのが敗因だった。馬脚《ばきゃく》を露《あらわ》すほども、笑えなかった。

一方で、違いを明確にしている社民党なんか、じり貧である。なんでもかんでも反対する、という立場が、やはりまずかったのだろうか。若者たちに、昔は大きな党だったんだよ、とよく説明をしている。土井《どい》氏なんか、僕はけっこう好きだった。何度か票を入れたこともある。でも、やはり「すべてに反対」では物事が進まない、とみんなが感じたのだろう。

細かいことは良いから、たとえば、「経済のことは知らん」とか、「とにかく増税だ」とか、「日本の人口を半分にします」とか、それくらいの発言を一人くらいしても良いと思うのだが、いかがか。そんなに馬鹿馬鹿しい発言ではない。支持をする人だっているはずだ（僕はする）。そして、そういう発言を、「我が党としては許さない」なんて言わず、それぞれの思想、それぞれの意見を大きく纏めて、「負担を分かち合おう」と手を握る包容力こそが、政治家に求められているものなのだ。

82

自分の空間をできるだけ広く持った方が良い。

天井の高い部屋で子育てをしよう、という意味ではない。そもそも、都会の人たちは、「自分の空間」と聞くとワンルームの自分の部屋を思い浮かべたり、満員電車の中で、イヤホンから耳にねじ込まれる音楽が誘うバーチャル空間をイメージするかもしれない。それくらい、都会では個人の空間は制限されている、ということだ。他者が触れるほど接近する、という異常なことが普通になった。

僕が言いたい空間とは、もう少し広い。森林の中を歩くとき、自分を中心として半径五十メートル、あるいは百メートル、つまり目や意識が届く範囲のことだ。そこにあるものを感じて、その中にいる自分を見つめることができる、いわば舞台装置のような存在である。そういう広がりを、都会の人は既に想像さえしないだろう。

建築家は、「空間」という言葉が好きだ。なにかというと、吹抜けを作りたがる。ガラスで遮《さえぎ》った壁や天井を通して、外界を建物の中に「取り込んだ」などと主張する。おそらく、都会の人間は、そんな巨大な建物の中で、人工的な威圧感や開放感を味わっている。けれども、三千メートル級の山を、数キロ離れたところから眺める雄大さにはまるでかなわない。スケールが違う。人間は小さい。それが、「空間」が教えてくれることだ。空間を通して、宇宙の巨大さを感じることができる。

空間も宇宙も、spaceである。隙間も遊びも同じ単語だ。なにもない場所は、逆に見れば、あらゆる可能性に満ちている。だから、自分の空間が広いとは、自分の可能性をいつも、そしてどの方向にも信じられることだと思う。

抽象的な話をしているが、ここから導かれる具体的な適用は、小さいものから大きなものまで、なにに対してもできる。狭い方が良いということはない。できるかぎり広く自分の場を持つこと。隣に他者がいると気を遣うが、そうでなければ、いつも手をいっぱいに広げて、あるいは走り回って、自分の場所を把握し、表現し、そして管理すべきである。「私は狭いところが好き」と閉じ籠《こも》っていても、頭の中に広大なスペースを持つことだってできる。自分の場所がどこか、ということもしっかりと考える。そこには、自分以外には誰一人いない、という場所を作ることが、とても大事だ。どんなに愛する人であっても、そこには入れない。

それと同時に、自分以外のみんなが、それぞれに空間を持っていることを、ときどき思い出そう。どんなに愛する人であっても、あなたはそこに立ち入れない。

83 「自分らしさ」がほしくてたまらない人たち。

現代人は「自分らしさ」という言葉に憧れている。大量に並んだ商品の中にそれを見つけようとしている。それとも、雑誌の中のモデルを眺めて、そこにヒントがあると信じている。自分の好きな人が発した言葉には、このキィワードが多く含まれていて、だから、自分もそれを見つけて、その人のようになりたい、と考えている。

うちには二匹の犬がいる。父親が同じで兄弟だ。兄貴の方は我が儘で、言うことをきかない。運動能力が低くて抱っこしてもらわないと車に乗れない。みんなから、「可愛いだけしか取り柄がない」と散々言われている。弟の方は気が弱く、引っ込み思案だ。なにか命令されると頭が真っ白になって固まってしまうので、兄ができる芸ができない。しかし、運動能力には長けていて、遊んでいるときは朗らかで、感心するほど凄い技を見せる。

この兄弟たちは、「自分らしさ」なんて概念を持っていない。そんなものを出そうとしているのでもない。犬であるから、そこまでは考えないはずだ。それなのに、こんなに違っている。同じ血統であるのに、顔つきも毛並みも色も全然違う。それぞれがそれぞれに「らしさ」を発揮し、自分にできることをしている。

人間も同じ、といえば言いすぎだろう。人間は、犬よりは少し個性的なはずである。それなのに、「個性を出せ」と周りから言われ、「自分らしさを取り戻せ」などと叱られてしまう。まるで、個性をひた隠し、自分らしさを失っているかのようだ。

また一方では、周囲の空気を読めと言われ、集団の中での協調性が重んじられている。みんなと自分は相容れないものがある、と感じる「個性」の持ち主は煙たがられ、社会には不適合だと拒絶され、その枠組みに入れてもらえない。

だから、もし大勢が、自分の中に「自分らしさ」が不足していると感じるとすれば、それは、空気を読み、集団のために協調し、社会に適合しようとした結果として生じた「窮屈感」と同じものだろう。ちょっと無理をして受け入れたために現れたアレルギイかもしれない。その意味では、自分らしさは、意図的に捨てられた過去の自分だったということになる。案外わかりやすい物語ではないか。

しかし、周りをよく観察してほしい。自分と似た人がいるだろうか。みんな違っているのでは？　意見も合わないし、気持ちもわからない。なにを考えているんだ、と腹が立つ。そう、そのとおり、そのいらだちが「自分らしさ」なのである。

84

自分が立っている地面の下には何があるのか？

ただ立っているだけならば、地面の下のことをそれほど気にしなくても良い。そもそも都会に住んでいたら、地面というのはコンクリートかアスファルトだ。その下にあるのは、土、水道管、下水管、地下鉄などなど、そんな想像しかできないだろう。

僕は、十数年まえから、自分の庭を掘り返すようになった。どうして掘らなければならないのかといえば、それは、しっかりとした構造物を築きたいからだ。人間が立つくらいなら問題ないが、少し大きなもの、高いものを作ろうとすると、地面に基礎を作らなければならない。そうなると、まず土を掘り返すことになる。

そして、十センチでも掘ると、いろいろなことがわかってくる。この深さから土の色が違うじゃないかとか、以前に誰か掘ったことがあるなとか、人工物が埋まっていたりとか、である。

たとえば、自分が住んでいる家の基礎は、どの程度の深さまでコンクリートがあるか知っているだろうか。二階建てくらいの住宅ならば、せいぜい数十センチだ。何メートルも深く掘り返して作るわけではない。つまり、家は土の上に置かれているだけで、杭《くい》で固定されているのではない。マンションのような大きな建物になると、多少は深くなるけれど、それでも、何十メートルもあるなんてことは稀だ。

家を建てるときには、地盤調査をする。地面の下がどうなっているのか、ボーリングをして調べる。それ以前に、土地によって、地質が軟弱な場所がだいたいわかっていて、そういう土地は値段も安い。

少しでも強固な構造を組もうとすれば、とにかく基礎が重要であり、地面を掘ることになるが、これは人間の思想、意見、科学的な仮説などにおいても同じで、揺るぎのないものを構築するためには、過去へ遡《さかのぼ》って掘り返す作業がまず必要になる。その過程で、思いもしない歴史が現れたりする。

僕は庭に鉄道の線路を敷くために土を掘る。僕の奥様もガーデニングをしているので、樹を植えるための穴を掘ってくれと言ってくる。この辺りは土が盛られたところだから掘りやすいとか、この近辺は樹の根が多い、大きな石が多い、と僕はだいたい把握している。ほんの少し地面を掘るだけで、その場所が立体的に見えてくるのだ。モグラが活動している場所も知っている。多くの人は、土地を表面でしか捉えていない。「深さ」とは過去からの集積であり、掘り返す以外に観察できない次元だ。

85

枯れないかぎり、待つことができる。

ガーデニングに興味を持って、まだ十年ちょっとである。毎日出勤をしていた頃には、やりたくても充分にできなかった。今では、冬を除いて毎日何時間も庭で過ごしている。沢山の苗を植えた。種も蒔《ま》いた。草はすぐに大きくなり、すぐに枯れる。樹は、植えてもなかなか生長しない。駄目かな、と思っていると、三年ほどして、ようやく枝を少し伸ばす。それまでは、たぶん地面の下で根を伸ばしていたのだろう。

ときどき、枯れるものもある。滅多にないが、風で折れたりして、それが元で駄目になるものもある。だんだん弱って、ついに芽を出さなくなるものもある。枝を折ってみれば、まだ生きているか、それとも枯れたのか判別できるけれど、折るのは可哀相でできない。したがって、いつ死んだのかは、動物のようにはわからない。

もう駄目だから、掘り出して、その場所に別のものを植えようか、とよく奥様と相談をする。しかし、もう少し待ってみよう、ということで我慢をする。すると、二年ほどして、新しい芽が見つかることが何度かあった。「生きていたんだね」と嬉しくなるし、あのとき我慢をして良かったな、と振り返ることになる。もちろん、ずっと待っても、結局そのままだった、という例もある。難しいものだ。

人生も、だいたいこんなものだと思う。弱っていて生きているようには見えなくても、ずっとあとになって芽を出すことがあるかもしれない。死んでいなければ、その可能性がある。諦めて、別のものと取り替えれば、それっきりになるというだけだ。

それでも、全体として平均的に見れば、多くのものは生長している。放っておいてもどんどん勢力を伸ばす。砂漠でもないかぎり、植物はどんどん茂っていく。人間の才能、人間の可能性も、次々に枝を伸ばして、日の射すところで葉を広げるだろう。そういうふうに、すべての生き物はできているのである。

今、日が当たらなくても、一時間後には当たるかもしれない。季節が変われば、また違う。隣の樹が倒れれば、チャンスが訪れるかもしれない。つまり、大事なことは「それまで死なないこと」なのだ。生長しなくても良い。貧相でも良い。枯れているように見えてもかまわない。とにかく、生きて待つことだ。それが植物が取っている基本戦略である。動物はこれに比べると、動き回れるから、いろいろ試してみるし、策を練ったりもする。でも、死なないことが一番大切であることには変わりない。生きることの大半の意味は、結局、「待つ」ことなのだ。

86 点の有無で違う文字になるのって紛らわしい。

「犬」と「大」とか、「目」と「自」とかである。似ているので、紛らわしい。しかし、たとえば平仮名の「お」の点がない字はない。だったら、「お」の点はなくしたら良いではないか、と思うのだ。なくてもほかの文字にならないのだから。

僕の名前にもある「博」には点がある。これもどちらでも良い。こんな些細《ささい》なことで国語のテストの点数が変わるのは、いかがなものか。そんな重箱の隅をつくような真似を教育者がしても良いだろうか。どっちでも読めるし、間違えても誰も気づかない。つまり、社会生活に支障はないのだから。

ちなみに、「敷」「博」「薄」「簿」は音《おん》がハ（バ）行だから点がある。「穂」「専」「恵」はハ行ではないから点がない。僕は中学で国語の先生にそう教わった。ところが、この法則を周囲の誰も知らないのでびっくりしたことがある。あの先生が発見した法則だったのだろうか。

もう一つちなみに、漢字とか平仮名で、裏返しになると違う文字になる、というものも少ない。英語のアルファベットでもそうだ。せいぜい、数字の「3」と英語の「E」が裏返しだという程度である。やはり紛らわしいからだろう。「右」を裏返して、左という意味の漢字にすれば良かったのに、と残念に思う程度である。「上」を上下逆さまにして「下」になっている関係からして、調和が取れると思うのだが。「失」と「矢」も紛らわしい。特に、この文字を一部に使っている漢字、たとえば「鉄」などは、どちらを書けば良いのか考えないといけない。どちらでも良い、ということにしても、大勢に影響はないと思うのだ。今や、漢字を手で書くわけでもないし、読むときはだいたいの形を把握していれば充分だからだ。「字」と「学」も似ている。これは「宮」と「営」と同じだ。「辛」と「幸」もいい加減にしてもらいたい。そのうえ、「達」の中にあるやつは「幸」よりも一本多い。歴史的な理由があるにせよ、現在ではもう「幸」に之繞《しんにょう》で良いのではないか、と思う。
　手で字を書かなくなったので、略す書き方が今どきは通じなくなりつつある。たとえば、「門」を三画で書いたりするあれである。年配の方から手書きの手紙をいただくと、そういった略字の宝庫で懐かしい。そうそう、こうやって書いたよなぁ。学校では駄目だと言われたけれど、この略字を使うと、なんとなく大人になれたという
か、社会の一員になった気分だったよなぁ、と思い出すのである。

87 キラキラネームも、大勢いるときらきらしない。

変わった名前が増えているようだ。あまり、子供の知合いがいないので、僕の周辺ではそういう例はないのだが、しかし、TVなどを見ているとよく登場する。森博嗣は、小説で変な名前を使うと評判だが、社会が追いついてきたようだ。祖父《そ ぶ》江《え》まえにも書いたが、犀川《さいかわ》も西之園《にしのその》も僕の教え子の名前だし、瀬在丸《せざいまる》も知合い、祖父江と儀同《ぎどう》は親戚である。僕の奥様のスバル氏なんか、今ではごくありふれた名前になったというわけである。

犬の知合いは多いのだが、犬の名は相変わらずオーソドックスなものが多い。そんなに突飛なものがない。人間の名前ほどじっくりと考えないためかもしれない。このまえ、熊に襲われた主人を助けた柴犬がニュースで話題になっていたが、ショコラという名前だった。日本犬の柴犬でショコラはトリッキィではあるが、日本人の子供たちの名前ほどではない。そうかと思うと、犬に変わった名前をつけているのに、最近生まれた娘には普通の命名をした、という家も知っている。これは具体的には書けない。その家の隣の大型犬が、その娘と同じ名だったので、とても紛らわしい。

　自分の名前を自分で決めるという機会が、たとえば芸名だとかペンネームを考えるときに訪れる。たいていは、若いときのことだ。そして、たいていは、超恥ずかしい名前をつけがちだ。たとえば、昔だったら、スバルは恥ずかしい名前だっただろう。アトムとか、ウランなんて名前もあったが、原発事故で肩身の狭い思いをしているのではないか、と心配になる。コスモとかゼウスとかもある。喫茶店の名前か、と思えるものもある。よしもとばななさんの「ばなな」は、キャッチのある素晴らしい名前で、この名前だったから成功したのか、と思っていたが、もちろん、作品を読んでそうではないことはわかった。名前がさきにあったとしても、人は自分の名に恥じない者になれる、ということだろう。よろしいんじゃないでしょうか。

　もちろん、昔からそういう名前はあった。特に、大正とか昭和初期には案外モダンな名前をつけたみたいだ。今だと八十とか九十くらいの老人になっているけれど、なんとなくキリシタンみたいな本名の人がいる。これも具体例は挙げない。

　基本的に、変わっているから目立つ、だからきらきらするわけだから、今となっては、「よしこ」とか「ヒデオ」の方がずっときらきら輝くのではないか。そういうかつてのごく普通の名前は、今はペットの名に多いようにも感じている。

88 何が生まれるかわからないことをしよう。

現代人は、人間が作ったもの、他者が作ったものに囲まれて生きている。都会で生活をしていれば、周りはすべて人工物。買うものも食べるものも身につけるものも、全部自分で作ったものではない。どうやって作られるのかも知らずに手にしているものも多い。仕組みもわからず、理屈もわからない。与えられたものを受け取っているだけだ。こんな状況であれば、だんだんものを考えなくなる。考えなくても良いように、すべてが作られる。生かされている。飼われている、に近い状態だ。

こんな状況で、少子化を危ぶむなんて、まるで畜産業の経営危機を訴えているように聞こえてしまう。それはまあ良いとして、飼われている中にも、少しは自分でものを考えられる人もいるわけで、考えだすと、いろいろとおかしな点が出てきて、社会に対して違和感を抱くだろう。僕は、それが普通の人間的な状態だと考えている。

養老孟司《ようろうたけし》氏は、幾つかの本で、自然の中で時間を過ごせと書かれている。自然の中にいれば、人工ではないもの、つまり他者が与えたのではないものを見ることになる。そうすれば、人間はいろいろ考えるものだ。本を読んだりするよりも、むしろそれで人間が新しくなる。そういうことである。

これは、僕が「ものを作ってみよう」と言っているのと、ほぼ同じだと思う。僕も、最近自然の中に身を置くようになって、それがわかった。自分で作ろうとすると、人によって作られたものではない経験ができる。それは、自然に触れることと非常に似ている。そこから生まれてくるものがあって、それを感じることで自分が変わってくる。自分の頭の中が新しくなる、という意味だ。

どう変わるのか、何が生まれるのか、と尋ねる人に対して、養老氏は、「それがわからないから、やる意味がある」と書かれている。まさに、そのとおりで、得られる答は、そのときどきで、それぞれで、違っている。これが出ますよ、という単純な仕掛けではない。そんな結果がわかっているものばかりが、現代の人工物のほとんどだから、この違いは著《いちじる》しい。

人生の目的とはなにか、これは若者が発する疑問の一つだ。「先生は何のために生きているのですか?」「何のために研究をしているのですか?」「この作品の意図は何ですか?」とみんながききたがる。マスコミがマイクを向けるときのようだ。けれども、答はない。わからないから、生きている。わかりたいから、やっているのだ。

89

スバル氏がTVで相撲を見ていた。

娘と一緒に見ているのだ。僕は若いときに相撲を見にいったことがある。大学生くらいまではTVで見ていた。その後のことは知らない。今は、もちろん知らない力士ばかりである。しばらく奥様と娘と一緒に見ていた。そして、TVのアナウンサが発する言葉を、彼女たちが理解しているのか、と心配になった。

「回しを取った」くらいはわかるようだが、「腕《かいな》を返す」はわからないと言う。「上手《うわて》」と「下手《したて》」も知らなかった。「相四《あいよ》つ」も「もろ差《ざ》し」もわからない。つまり、ほとんどわからずに見ているのである。「まえみつが欲しい」なんて言われてもさっぱりだ。しかし、それでも相撲が面白いという。どういうことで勝負が決まっているのか、べつに知らなくても楽しめるということか。

だいぶまえに、野球を見ていたので、同じことを確かめたのだが、ルールをほとんど理解していなかった。言葉も知らない。「ツーナッシング」も、「フォースプレィ」もわからない。何が「ボーク」なのか知らない。それでも、まあだいたい見ていてわかるようだ。「ヒット」は成功で、三振は失敗だと知っている。フライはキャッチされたらアウトだとわかる。ルールなんて詳しく知らなくても、野球選手が格好良ければ、それで充分なのだ。

これは、ミュージシャンでも同じで、新曲のコードが新しいとかわからなくても、格好良ければそれで充分なのだ。海外のミュージシャンになると歌詞なんかわからなくてもOKだ。むしろ、それこそ音楽の正しい接し方ともいえる。

男性の方が、ルールには詳しいだろう。音楽でも技巧的な部分を見ているかもしれない。小説でも、トリックの冴えに注目している。探偵が格好良いとか、主人公が可愛いとかで萌えているのではない、と言いたい人も多いが、一歩引いてみれば、どちらも萌えていることには変わりない。いずれが正統というわけでもないのである。

昔は、こういう浅いファンのことをミーハーなんて揶揄《やゆ》したこともあるが、ではルールなどに詳しい場合はオタクになるのか。僕は、相撲も野球も解説者の言葉はすべて理解できるが、オタクというほどではない。なにしろ選手の名を一人も知らないのだ。ミステリィのオタクでもない。オタクでなくてもルールさえ知っていれば、書けるのである。

しかし、今でも相撲と野球はTVでちゃんと放送されているのだな、と思った。

90 空間認識と客観視について。

この道沿いにあるあの店は、どのあたりだったか、と人と話すことがある。道の左右のどちら側かという点では誰も間違わない。しかし、信号の前だったか、先だったか、という点では記憶が曖昧になる。これは、車で通るときに、見ている動画映像を静止画として記憶しているためで、時間経過に伴う順番が曖昧になっている、ということだ。同様に、自分に対してどちら側にあったか、はかなり昔のことでも覚えているのに、ある出来事がいつのことだったかは、判別できなくなる。五年まえか六年まえかを正確に答えられる人は少ない。

記憶というのは、つまり動画で見たものを断片的にしか捉えていないということだ。そのため、物事の原因と結果は、理屈を立てて理解をする。あれがあったから、そのあとこうなったのだ、と覚えれば、時間的な前後関係を記憶できる。理屈というものが人類に広まったのは、危険な原因を避けるためだ。逆にいえば、今見ている映像ではわからない未来を捉えようとして、頭脳が導き出した手法といえる。

　ところで、僕は初めての建物に入ると、その中を歩いているとき、自分を建物の外から見ている視線を感じる。外から見て、自分は建物のどの辺りにいて、どちらを向いているか、ということを把握している。だから、いつ尋ねられても、方角を間違えることはまずない。しかし、奥様のスバル氏は何年も住んでいる自宅にいても、いつも行くショッピングセンタがどの方向かわからないのだ。

　自動車のナビは、いつも北が上になるように表示する人と、自分が向いている方向を上にする人がいる。後者が多いだろう。僕は前者にしている場合がほとんどだ。特に、知らない場所へ行くとそうする。地図の中で自分の位置を把握しやすいからである。たぶん、前者は客観視であり、後者は主観視といえるだろう。

　東西南北を間違えることはないけれど、僕は左右がわからない。利き手というものが僕にはない。どちらもほぼ同じだ。みんなと同じように右を使うようにはしているけれど、一度右手を骨折したときは、全部左でやっていた。今は、「えっと、骨を折ったのはどちらだっけ」と少し考えないと思い出せない。左右というのは、上下と前後が決まったときに初めて定義ができるものである。右手がこちら、とすぐに答えられる人には、独自の定義がある、ということだ。パソコンのリターンキィがキィボードの右にだけあるのはやや不便だし、スマホの操作も左手ではやりにくい。

91 ポケットからまず自分の耳を出してはどうか。

これは、ドラえもんに対するアドバイスである。彼のポケットからは、なんでも出てくるし、どんな問題も解決する便利グッズがあるのだから、耳くらい直したらどうかと思うのだ。それができないということは、同時に、ポケットから出てくるアイテムの不完全さを物語っているだろう。

こんなに簡単に金が稼げますよ、といった宣伝をしているところが多いが、まず、それで自分が稼げば良いではないか、それほど儲かるならば、何故、商売をしなければならないのか、と考えるのが妥当だと思う。つまり、実は簡単には稼げないし、そのリスクを自分は背負いたくない、だから、人を誘っているのだ。

親父が持っていた株を相続した。五社くらいで、それぞれ数千株である。親父が買ったときは何百万もしただろうが、今すべてを売っても数十万円にしかならない。だから、そのまま放っておいた。しばらくは配当もなかったが、今年は多少は好景気になったのか、全部で五万円ほど配当がもらえた。簡単に言うと、せいぜい百万円くらいのものが一年で五万円も利潤を出したのだから、定期預金でいったら、年利五パーセントになる。高利ではないか。奥様は、「じゃあ、貯金よりも得じゃない」と喜んでいたが、「そのかわり、会社が潰れたら元金もなくなるよ」と言っておいた。高リスクには変わりない。

定期預金の利子が五パーセント以上だった好景気がかつてあった。海外では今もそういう国がある。利子がそれくらいあると、十年で資産は二倍になる。インフレというのはこういうものだ。物価もだいたい倍になるので、得をしているわけではない。今までデフレだったのに、利子はマイナスにならなかった。庶民にとってはデフレは嬉しいはずだ。どうしてデフレから脱却しようとしているか、と不思議に思わないのだろうか。企業は、賃金が上がるぞ、と甘い話をするが、何故賃金が上がることを経営者が喜ぶのか。どうして、そういうものを「好景気」なんて言うのだろうか。いったい、誰にとっての「好」景気なのか。

のび太君は、ドラえもんに、「素晴らしいのび太を出して」と何故言わないのか。それは、素晴らしいものを望んでいるのではなく、駄目な自分のまま、素晴らしい体験だけを望んでいるからだ。これは、詐欺に引っ掛かる人の状況そのものである。稼げる自分ではなく、稼ぐ方法だけを欲しがるから騙《だま》される。

92 偉大な神ほど、人間を戦わせる。

ドラえもんが自分の耳を直せないように、偉大な神も、自分の信者たちを幸せにできない。偉大な神なら、まず、そこを直せよと言いたくなる。

たぶん、ドラえもんはのび太君を試しているのだし、神は人間をお試しになっているのだろう。教育的指導として、わざと苦境に立たせ、罪を認めさせ、不信を罰している。そうとしか思えない。

ところで、日本人はどういうわけか比較的無宗教だ。というよりも、無宗教でも後ろ指をさされない文化がある。古来自然を愛する文化があったことが影響しているだろう。日本人は、家に入るときに靴を脱ぐが、これは屋根のある場所は本来神を祀《まつ》るところだったからで、いわば神殿の中で生活しているような感覚なのである。無宗教のようで、共有している自然がある。もの凄い質と量の自然を有していることを、日本人はもう少し誇らしく感じても良いのに、と僕は思うけれど、「べつにどうってことないよ」というふうに自然に接するのもまた、日本的な文化かもしれない。

僕のような素人が歴史を振り返って思うのは、宗教というものの原形は、「戦い」にあったのではないか、という点だ。生活を支える狩猟も一種の戦いだ。他部族との争いを繰り返し、そこで流れた血が神に捧げられるものだった。だから、宗教のために戦争をするのも当たり前で、神がいるから平和になるなんてことはない、という理屈がどうも正しく思えてくる。これは、肉食系の神だ。

同じ神でも、自然を崇拝するような文化は、草食系だという点で、一線を画している。日本の宗教が完全にこちらだとは言わないけれど、しかし、仏教は、宗教の中でもそれに近い。そう感じる。

人間は、現在では肉を食べすぎている。もう少し草食系になった方がきっと平和になるし、エネルギィ的にも有利だ。人口を減らすことも大事だが、食べるものを少しずつシフトさせることも、政策的に考えていかなければならない。野菜が高くて肉が安いという経済が、エネルギィの観点からすれば不自然だ、と僕には思える。

しかし、考えればわかることだが、人間を戦わせているのは神ではない。戦いたい人間がいて、戦わせれば儲かる人間がいる。人間を生け贄《にえ》にすれば、自分には神のご加護がある、という理屈がある。それに、「今の自分」が良ければ良い、という信仰が根強い。人は「あの世」へ行けるが、地球はずっと「この世」のままなのだ。

93 「神」も落ちぶれたものである。

ほんのちょっとしたことで注目を集めただけで「神」と呼ばれるようになった。若者にとっては、その程度のものが神なのか、と理解するしかない。それ以前にも、「神髄」なんて表現がだいぶ安売りされていたから、なるべくしてなったといえるだろう。

だいたい、「神の手」なんて呼ばれるのは、マラドーナのハンドのように、眉唾《まゆつば》ものだったりする。日本だと、遺跡発掘の神の手が話題になったことがあった。いずれも、神にしてはやっていることがせこくないか、と誰もが感じただろう。

つまり、神といっても、いろいろいるのである。偉い神様もいれば、落ちこぼれて悪戯をするだけの神もいる。そういうことを、日本人はよくわかっている。ほかの文化でもそれが普通だという地域がある。僕が知っているかぎりでは、アフリカや南米（それから昔の北米）はそんな気がする。最近のメジャな宗教では、神様が全能になった、というだけだろう。

おそらく、人でないものの意思、が神と名づけられたのだと思う。人だけが意思を持っているはずはない、世界が無意思で回っているはずはない、という理解が、神を作ったのだ。同様に、悪魔とか妖怪とかも作られる。そうしないと、自然や時間というもののスケールを受け入れることができなかったからだ。

こう考えてしまう元には、「意思」あるいは「意識」の不思議さがある。人間はそれを自分が持っていることの違和感を処理するために、ほかにももっと大きな意思がある、と考えざるをえなかった。そうでないと、意思のやり場がなくなる。たとえば、死んだら意思はどこへ行くのか、という疑問に答えられない。何故、意思などというものがあるのか、つまり、何故自分は考えるのか、と悩んでしまって、生きた心地がしない。

神が落ちぶれてしまった背景には、もちろん物理学に代表される科学の進歩がある。宇宙は神々の住まいではなかった。神なんていないじゃん。そうなれば、この言葉の使い道は、どんどん下々の元へ降りてくるしかない。

神童は、神学校ではなく、進学校に大勢いる。神懸かり的な技の冴えも、才能と努力の結果だ。人は自然を破壊し、神々は大いに弱体化してしまった。既にこの地球上では、人類が神になったといっても過言ではない。頼りのない神ではあるけれど。

94

その代名詞は何を示しているか、答えよ。

「ちょっと、このまま帰るのもあれだから、もう一軒、寄っていかない？」と言われた場合、この「あれ」が何を示しているか、答えられるだろうか。「今さら言うのもなんなんだけど」の「なん」とは何だろう。ほかの言葉を入れてほしい。前者は、「寂しい気がする私」で、後者は「烏滸《おこ》がましいと思っているけれど、でもやっぱり言わずに済ませるほど我慢強くない私」かもしれない。

国語の問題では、たいてい、少しまえの文章に、代名詞が示す語句がある。通常は、初めて出てくるときはきちんと言葉を使い、二回めからは代名詞にして、言葉が重なるのを防ぐ。言葉が重なると、諄《くど》く感じられるからだ。たとえば、なんて例を挙げなくてもそんなことはわかっているだろう、というときの「そんなこと」とは、何か？

しかし、会話の場合には、最初から代名詞なのだ。顔を見て、いきなり、「それにしてもさ」と話し始める人だっている。「それよりな」も多い。今話していたことは置いておいて、というのが「それよりな」の意味だと思われる。つまり、「ところで」と同じだ。口癖でそればかり言う人も沢山いる。

代名詞が重なる言葉もある。「あちらこちら（あちこち）」とか「あれやこれや（あれこれ）」などは、なにか特定の言葉を示しているわけではない。少し気になるのは、あれそれとか、それこれがないことだ。何故「それ」を使わないのか、考えたことがあるが、しっかりとした結論は出ていない。話している相手が持っているもの、いる場所が「それ」「そこ」であるのに、何故使わないのだろうか。

日本語だと、「彼は、毎日彼の脚で歩いている」とは言わない。彼以外の脚で歩くことは滅多にないのは自明だからだろう。しかし、「私は、脚を見た」と言ったときには、誰の脚なのかわからない。英語はそこが厳密だから、逆に言えば、誤魔化すことが難しい。ミステリィの叙述トリックは日本語だとやりたい放題である。

たとえば、僕が使ったトリックの一つは、「Aはここにいた。彼を見たのだ」と書いて、Aが男性だと読者に思わせたことがある。しかし、実際には、三人称で書かれている主人公をAが見た、のである。彼は、Aを示していない、という引っかけ問題のような意地悪さだ（注：実際の文章とは内容を変えてあります）。

というわけで、あれは、ようするにそれか、あるいはこれだということである。

95 話が通じた、わかってもらえた、と感じたことは少ない。

英会話を習っている人の話をきくと、「英語をわかるようになりたい」「思っていることをわかってもらいたい」と言う。ということは、日本語だったらわかるし、自分の思っていることがわかってもらえる、と感じていて、それが英語ではできない、と思うのだろう。これは、誰でも納得できる理由かもしれない。

僕は、しかし、その日本語が他者に通じたな、とあまり感じない人間だ。沢山の本を書いて、大勢の人に読んでもらっているのに、こんなことを言うと叱られそうだが、いつも、「ああ、やっぱり通じないな」「こんな簡単なことでも、なかなかわかってもらえないな」と感じることばかりなのだ。英語もろくにできないけれど、通じない程度では同じだ。だから、英語も日本語もどちらも同じくらい不自由だ。

つまり、言葉を発する側が、間違いのない文法で、適切な表現だと思って伝えても、受け手はそのとおりに頭に入れない。というよりも、言葉の大部分は、ただ目が一瞬辿るだけで、記憶さえされない。それは伝達というよりも、単に通り過ぎているだけだ。結局は理解などされていない。

　デビューした頃には、そんなことはわからなかった。これだけ大勢の人がいるのだから、わかってくれる人もいるはずだ、と期待した。もちろん、わかってくれる人はいるにはいるが、それはほんの一部であって、そうなると、僕は結局、大勢の不理解者から代金をいただいたことになってしまう。これは、不謹慎な言い方になるけれど、不良品を売って金をもらっているような感覚だ。

　では、わかってもらいたいのか、と自問すれば、どうだろう、難しいところだ。僕自身はどちらでも良い。しかし、それでみんなは良いのか、と問い返したい。でも、そんなことを言うと、思い上がりだとか、生意気だとか、また誤解をされるに決まっている。もうこの頃は、どのように間違って受け取られるのかもすっかりわかってしまい、「え、わからない？」という驚きもなくなっている。

　読者の能力に失望したという意味ではない。それは誤解だ。能力の問題ではなくて、習慣だと思う。結局、小説とか、読み物とか、書籍とか、文章なんて、そんな程度のものなのだ、という基本的な認識がある。ざっと斜め読みして、時間を潰して、すぐに忘れてしまえば良い。車窓から眺める風景のようなもの。綺麗だな、で終わりなのだ。誰も、電車を止められないし、近くへ見にいこうともしないのである。

96 おそらく、見るもの、接するものへの執着の差だろう。

まえのテーマの続きです。悲観的なことを書いたように思われたかもしれないが、単なる観察であって、僕自身は、それを良くも悪くも評価をしていない。もっとしっかりと読め、と言っているのでは全然ない。そんなことをされたら、むしろ本は売れなくなるだろう。次から次へと読んでもらった方が効率は良い。ビジネス的には、悪くない。

そういう観点ではなく、僕は、自分との差を感じる、違和感を覚える、ということを書いているのだ。僕自身は、そういうふうに本を読んでいない。書かれている文字を零《こぼ》さず受け入れようとするし、そうすることで、沢山の知識や理屈を得た。

僕は工作が好きだし、また研究を楽しんでいる。いずれも、僕はそれらの手法を本から学んだ。先生から習ったものは僅かで、大部分は文章を読んで得たものだ。工作関係の本は、何度も読む。何故かというと、自分のレベルが上がって初めて理解できる文章があるからだ。研究論文も同じで、自分の研究が進むと、同じ論文でも違う発想を得ることがある。だから、この種の技術書や論文は今でも寝室に並べている。

文学作品は、声を出して読む。そうしないと、文章のリズムがわからない。知らない文字や読めない文字は必ず調べた。三十代後半から、少し読み飛ばすことを覚えたけれど、それでも、普通の文庫本を一日に五十ページ以上は読めなかった。読むのが本当に遅いのだ。でも、この速度でも、一冊を一週間くらいで読めるし、一年で五十冊、二十年で千冊は読める計算になる。

小説は、二度と同じものを読まない。例外は三冊だ。読んだ物語は、すべて覚えている。以前に、森博嗣が選んだ百冊みたいな本を出したことがあるけれど、あのときも、僕はその百冊をほとんど持っていなかった。読んだあと捨てたからだ。したがって、あれはすべて記憶だけで書いた（実際にはインタビューで語った）。僕は自分の読んだ本のリストなど作っていないし、感想を書いたこともなければ、メモもしない。タイトルや作者名、主人公名が正確に言えないものも多かった。

世間に多い読書家たちは、僕のような本の読み方をしない。読者からのファンメールやブログでわかった。何が違うのか、といえば、それは姿勢だと思う。たぶん、僕は、「執着」していたのだ。そして、この執着があったから、僕は発する側の人間になれた、ということだと思う。それは、文章だけの話ではない。

97 自然の中には、純粋なものも均質なものもない。

自然は綺麗だ、とみんながイメージしている。空気も水も澄み渡った様を想像しているのだ。しかし、それはまるで反対である。たとえば、金属は、わりと純粋で均質な材料だが、これは人間が精製したもので、人工物だからだ。自然の材料といえば木材や石だが、それらを工作に使うとよくわかる。木は木目があり節《ふし》がある。石も層や混ざりものがある。方向によって強弱があるし、どこに欠陥が潜んでいるかわからない。一つとして同じものは得られない。

森林の中を歩けば、そこにあるのは、とにかくごちゃごちゃに混ざった多種の存在である。杉ばかりが適当に離れて真っ直ぐに伸びている森林は、人間が作った人工林で、そんなものは自然とはいえない。あれは、田畑と同じものだ。

植樹をしたり、間伐《かんばつ》をしたりするのは、人間が都合の良い植物を得るためで、いわば自然破壊ともいえる。もちろん、農業はさらに凄い環境破壊だ。これは林業、農業だけではない。畜産業も漁業も、工業ほどではないにしても、自然を破壊して成り立っている。

そういう自然破壊をやめろ、と言うつもりはない。そうではない。自然破壊をしなければ、こんなに多数の人間は生きていけないのである。「自然と共生しよう」というのも、この期に及んで虫の良い言い草だが、しかし、誰のためでもなく、誰かに気を遣うわけでもなく、そうしなければ、もう生き延びられない段階に来ている。

「生き残りをかけて」というフレーズが、ビジネスなどでよく使われる。けれど、一つわかっていることは、人間は誰も生き残れない、という事実である。人間が作った会社も社会も、いつまでも存続はできない。生まれ変わって、子孫に受け継がれても、受け継ぐものがいずれ薄まって、別のものになる。その子孫も、いつの日か、全滅するだろう。

自然は、人工物よりもごちゃごちゃだ。人が頭で考えているような「理屈」のとおりには絶対にならない。それが、宇宙の法則だからである。

僕たちにできることは、いかに生き延びるかではなく、いかに生きるか、なのだ。生き残りをかけるのではなく、生きることをかける。死をかける。そういうことではないだろうか。「死をかける」の意味がわからないなら、「死に方を考える」でも良い。あるいは、「素晴らしい死に方のできる生き方を考える」でも良い。

98 噛み合わない会話が人間関係を支えている。

この頃、僕は人とほとんど会わなくなった。仕事はすべてメールで済ませている。初めての人は、最初は戸惑うようだ。僕があまりにも単刀直入に意見を書くから、叱られている、と感じるのかもしれない。しかし、時間が経つと、むしろそういったシンプルなコミュニケーションの方が効率が良く、間違いがないことが理解できる。そういった時期を過ぎてから、初めてその担当者に会ったこともある。そのとき、初めて性別や年齢を知った、ということもある。

会話というのは、相手の人間性を観察するには適しているが、意見交換やプロジェクトを進めるときなどには不向きだ。一番の問題は、テーマから外れた情報が多すぎること、話しているうちにテーマを見失うこと、人間性の観察をしていると、良い悪いではなく好き嫌いが判断に混ざること、そして、意見交換ではなく、敵か味方かといった立場の見極めに陥ること、などである。

たとえば、どうしたら原発を安全にできるか、という会話をしようと思っても、ほとんどの人は、「賛成なのか反対なのか」を見極めようとしているだけで、話を聞いていない。つまり、意見ではなく立場を見ようとしてしまうのだ。会話になるとこれが顕著になるのは、マスコミ関係の「会見」を見れば明らかだ。相手の話を聞かず、「どっちなんですか?」「はっきりして下さい」と声を荒げる。これでは、まともな意見を持っている人は、馬鹿馬鹿しくて黙ってしまうしかない。マスコミは、きちんとした取材をしたいのなら、まず「会見」をやめた方が良い。会話ではなく、文章でやり取りをした方が、ずっと正確な情報になるはずだ。

ところで、犬は会話をしない。知合い、仲間、気に入っている者どうしだと、黙って匂いを嗅ぎ合うだけだ。声を出して、吠え合うのは、敵対しているか、警戒しているか、怖いか、という場合である。あの「会見」というのは、犬が吠え合っている場面とよく似ている。吠え合っていては、匂いも嗅げないから、親しくはなれない。そのうちどちらかが嚙みつくことになる。こういうのを、「会話が嚙み合う」というのかもしれない。念のために書くが、駄洒落が言いたかったわけではない。

もちろん、相手を攻撃する会話もある。学生の研究発表に対する質問などは、弱い点を見て突くので、攻撃だ。これは教育的なもので例外である。それに、論文の審査結果を文章でコメントする場合に比べれば、よほど優しい言葉になっている。

99 よく考えてみると、好きなものって、特にない。

森博嗣は犬好きだ、とよく紹介されているが、うちにいる犬は好きだが、他所《よそ》の犬にはさほど興味はない。触りたいとも思わない。犬の雑誌を買うこともないし、犬の動画ばかり見ているわけでもない。これは犬好きとは言わないのではないか。たとえば、自分の子供が可愛い場合、それは子供好きだろうか。他所の子供は嫌いだ、というときは違うのではないか。それに、自分のものだったら、誰でも好きで当たり前だ。

機関車を作っていることが多いけれど、それは僕の機関車だからであって、他人の機関車にはさほど興味がない。このまえの本には、鉄道に興味がないと書いた。それも、自分の庭の鉄道だけが例外なので、犬の場合と同じである。

車が好きだというのも、自分の車が好きなのだ。それ以外の車は、道が混むだけで、できれば自分の近くへ来ないでほしい。

このように考えていくと、自分は何が好きなのか、と考えてしまう。特に「これは無条件で好きだ」というものがないかもしれない。食べ物でも、少し好きなものはあるけれど、めちゃくちゃ好きではないかもしれない。毎日それを絶対に食べるというのは、パンくらいだろう。あと、飲みものは毎日飲む。でも、飲みもの好きなんて言わないと思う。毎日寝ているが、睡眠が特に好きというわけではない。奥様は、「寝るのが一番好き」とおっしゃっていて、そのとおり実践されている。

本が好きで、毎日読むけれど、好きな本の千倍くらい嫌いな本がある。好きな女優はいるけれど、滅多に見ない。その人が見たくて映画を観にいくということもない。まあ、嫌いな女優に比べたら、いくらか見続けられる、という程度だ。

犬に戻るが、うちの犬を、毎日必ず一度は抱っこする。犬も喜ぶ。でも、一時間も抱っこしていられるわけでもないし、犬もそのうち「下ろせ」と言う。近所の犬で抱っこをしたい犬はいない。子犬だったら、抱っこしてみたいが、でも、うちの犬と交換したいと思うほど好きになるはずもない。

結局のところ、犬を抱っこしている自分、犬を抱っこしている時間、という経験が好きなのだろう、と思う。工作をしている自分や時間も好きだ。その時間、いらいらしているのに、またやりたいと思う。何度も繰り返しやりたいと思うものが、「好き」の条件の一つらしい。否、逆かもしれない。何度も繰り返しているうちに、自分のものになって、自分のものだから「好き」になるのではないか。

100 穏やかな日々を支えるものが、かつてあった。

波瀾万丈《はらんばんじょう》の人生を歩んできたわけではない。人生を振り返ってみても、僕には危機的といえる事態はなかった。誰かに助けを求めなければならないとか、どうしようもなく困ったとか、死にたくなるほど苦しんだとか、そんな経験がない。そして、今はさらに穏やかで、毎日を実に長閑《のどか》に過ごしている。好きなものだけに囲まれ、好きなことだけをしている。好きなことは一生分あるので、なくなる心配もない。

それでも、この穏やかさを支えているものの存在をときどき思い浮かべる。たとえば、この平和な時代、平和な社会、というものがまずある。気持ちの良い空気とか、外で遊べる天候とか、騒音のない環境とかも、ありがたいことだと感じる。嫌な顔一つ二つしながらでも、一緒にいる家族も、それから犬たちも、この穏やかさを支えている。さて、自分はこれを支えているのだろうか、と考える。

今の自分を支えているのは、過去の自分である。今はなにもしなくても、この環境はしばらくは維持できる、というのは、過去の蓄えがあるからだ。その過去の自分は、未来のために少しだけ我慢をしたようである。そのときは、我慢だなんて思わなかった。ただ生きるためだ、と直感していた、というだけだ。この理屈でいくと、今の自分が、未来の自分を支えることになる。でも、未来の自分がいつまでもあるわけでもない。そろそろ支えなくても良い、ということが予感できる。これが、長閑さの基本にあるものだろう。

つまり、もし人間がいつまでも生きるとしたら、こんな穏やかさは手に入らない。いつまでも未来の自分を支え続けなければならない。それは、やはりちょっと疲れてしまうのではないか。疲れきったところですぐに死ぬのではなく、疲れたからもう休もうかと思い、ほっとできる時間帯があることが、死ぬことの価値といえる。終わりがあるもの、ゴールがあるものは、終われる喜びがある、という理屈だ。

そんなことを書いておいて、万が一長生きしてしまったらどうするのか、という一抹の不安はある。早死にする予定だったが、既に予測よりも生きているではないか。これは医学の進歩ではない。僕はもう四十年近く、医者にかかっていないのだから。

若いときには、「幸せ」なんて感じたことはない。子供はそんなものは知らない。幸せというのは、死に近づいた者にしかわからない。最後の素晴らしい交換会で、幸せと死を取り替えっこするのだ。誰でも死を持っているから、この交換ができる。

解説

土屋賢二（お茶の水女子大学名誉教授）

森博嗣はどんな人物か。この疑問をもつ人は少なくないだろう。だが文章を読むだけでは森さんという人物を知ることはできない。森さんはミステリ作家だ。人をダマすマジシャンや詐欺師やタヌキの仲間だから信用できない。

その点、わたしは森さんの人となりを多少とも知っている。実際に会ってお宅にお邪魔し、ディズニーランドを見物し、わたしの大学まで来ていただき、対談までした経験がある。問題は、わたしの観察力と判断力がアテにならないことぐらいだ。

森さんに会う前は緊張した。森さんの文章は主張が明快であいまいなところがない。こういう人は白黒をはっきりつけるから苦手だ。わたしはハンサムというだけが取り柄の、毒にも薬にもならない軽薄男だから、評価に耐える人間ではない。ただ、わたしは人の顔色をうかがうタチで、人当たりがいいから、簡単に「白」に分類されるかもしれない。だが相手はミステリ作家だ。後で、高評価なのは「黒」の方だったというドンデン返しがあるかもしれない。

しかも森さんはあちこちで、自分本位で、嫌われることをいとわないと書いている。わたしの妻と同じ性格だ。一番苦手なタイプだ。

だが実際に会った森さんは、意外にもわたしによく似ていた。一目見ただけで、まともな仕事をしていないことが分かった。服装が会社員でもホームレスでもない。わたしと同じく大学教員らしく、ミュージシャンになれず、毎日競艇場に通うか、パチンコ店の前に並んでいる男のようだ。

しかも礼儀正しく、他人への細かい配慮が行き届いている。わたしの妻とは大違いだった。むしろわたしが妻に対してとっている礼儀正しく平和的で従順な態度と同じだ。

最も目立ったのは、早口だということだった。わたしが何か言うと、一瞬のうちに答が返ってくる。考えをまとめるのが速いか、口からデマカセを言っているかだ。デマカセにしては理路整然としているから、頭の回転が速いか、落ち着きがないか、その両方かだ。早口なのもわたしと同じだ。たしかに、わたしは実際に口から出ることばの八割は、「あ〜」「え〜と」「う〜」だが、頭は高速にカラ回りしている。カラ回りだからどこにも嚙《か》み合っていない分、より高速なはずだ。また落ち着きもない。その証拠に、たいてい貧乏ゆすりをしている。

似ていると思う点は多かったが、話をしているうちにしだいに違いが明らかになった。

森さんには頭をかきむしって苦しむ小説家的イメージがまったくなかった（本書に書いてある通り、頭を毎日洗っているからかもしれない）が、わたしは小説家でもないのに頭をかきむしって苦しむタイプだ（二、三日に一回しか頭を洗わないからかもしれない）。

だいたい「締め切り」についての考え方が正反対だ。わたしは締め切りが守れないが、森さんは締め切り前にはとっくに書き終えている。本書には名言が多いが、中でも、「〆切に間に合わせることが、仕事の目的ではない。要求されるものに応えるというだけでもない。作業の中に、自分が創り出す美を見つけることが、最大の関心事である」という文章は、まさにわたしには頂門の一針だった。わたしは、締め切りに間に合わせるどころか、多くの場合、締め切りを延ばすことが目的になり、さらには、編集者に延ばしてもらう口実を考えることが目的になっており、苦悩の毎日を送っている。この名言を読んだとき、初心を忘れていたことを心底から反省した。それ以来、待ち続けているが、反省の効果はまだ出ていない。

なぜこのような違いが出てくるのか、疑問に思う人もいるかもしれない。森さんは原稿を書くスピードが驚異的に速い。デタラメを書いてもあんなに速く書くことはできない。わたしと対談したとき、「エッセィは小説のように簡単には書けない」と言っていたので、小説を書いたことのないわたしは、それを聞いて「ふーん、エッセイは小説より書きにくいんだ」と安心して暮らしていたが、森さんがいざエッセイの分野に進出したと思ったら、これだけの量産ぶりだ。たしかに小説に比べれば量は減ったかもしれないが、それは「当人比」にすぎない。エッセイとしては考えられないほどの量産ぶりだ。しかも、模型（それも人が乗れる本格的蒸気機関車やトンネルを含む）を作り、庭の手入れをし、掃除し、犬の世話をする、頭を洗うなどの仕事をして、その「片手間に」書いているのだ。短時間でなぜこれだけ量産できるのか。考えられる説明は三つある。

①天才である。本書でも天才について、「ふつうに考えられるのとは違って、礼儀正しく、他人の気持ちを察し、迷惑をかけない」という趣旨のことが書かれている。最初これを読んだとき、「わたしがそう見られているとは知らなかった。しかも天才だということまで見抜かれている。さすが鋭い洞察力だ」と思ったが、考えてみると、わたしは速く書けないし、歩くのもぎこちないし、よく転ぶ。だが森さんは猛スピー

ド で書く上、礼儀正しく他人への配慮を怠らないなど、天才の条件を満たしている。

②ボンヤリする能力が欠落している。早口だということから分かるように、落ち着きがない。あるいは頭の回転が速い。換言すればボンヤリする能力が欠けているのだ。そのため、大学をやめても縁側でぼんやりお茶をすすって一日を過ごすような真似はできない。だから時間をもてあます。昼間は模型を作ったり、地面を掘る。だが夜はどうする？　テレビも新聞も見ず、ミステリも読まないのだから、本を書くしかない。そうでもしないと間がもたない。落ち着きがないからダラダラと机の前に座っていることができず、短時間しか続かないが、頭の回転が速いからたくさん書けてしまう（短時間だからまだこの程度の執筆量ですんでいる）。

③代筆してもらっている。それも数人にだ。話題が多岐にわたっているし、テレビも新聞も見ないはずなのにわたしより世間のことを知っている。しかもテレビ番組の改善策まで提案したりする。社会から隔絶された隠遁生活を送っているように見えるにもかかわらず、政治や社会に関する発言も多い。数人に代筆してもらっていると考えないと説明できない（もし代筆してもらっているなら、一人でもいいから紹介してもらいたい）。

森さんが締め切りに振り回されない理由を考えていくと、人間性の根幹に関わる問題に行き当たる。わたしが森さんと話をしたり、エッセイを読んでいて何よりも痛感したのはこのことだった。本書を読めば一目瞭然だが、森さんは人間的にもふつうではない。

他人の評価を歯牙《しが》にもかけず、名声を求めない。嫉妬もしなければ、劣等感も抱かない。がっかりすることもない。まるで聖人ではないか。発言が大胆で、嫌われることをいとわず、いつも余裕綽々《しゃくしゃく》である。まるで豪傑ではないか。人前で涙を見せず、家族の死も淡々と受け入れる。まるでロボットではないか。何事も鵜呑《うの》みにせず、風力発電や太陽光発電も自分で試してみる。まるで実験系の科学者ではないか。実際にも実験系の科学者だ。

わたしはそれと対照的だ。人一倍自堕落で感情に流され、欲望に負ける非常に意志の弱い男だ。子どものころから親の目を盗むことばかり考え、いまも妻の目を盗むことばかり考えている。隠れてコソコソするのが身につき、罪悪感が骨の髄までしみ込んでいる。森さんに会うまでは、それがふつうだと思っていた。わたしのまわりにいる男はみんな酒浸りか、ギャンブル漬けか、女に溺《おぼ》れているかだ。そういう連中の中にいて違和感を感じることもなく平和に暮らしていた。欲望に翻弄され、後悔にさいなまれるのが人間だと思っていた。だが、森さんと知り合いになったために、あらためて自分が目先の欲望に負ける情けない人間だと思い知らされたのだ。それ以来、わたしの苦悩の生活に自責の念が加わった。知り合いになるんじゃなかった。

本書が扱うテーマは多岐にわたっている。しかもどのテーマも、論旨明快、理路整然たる文章で、要点に直接切り込んでいて、読んで小気味がいい。だがいいことばかりではない。わたしは週刊誌に連載しており、ネタ探しに苦労しているが、その立場から言うと、非常に迷惑な話だ。わたしが書くかもしれなかったネタがこんなに速いペースで減っているのだ。ネタ資源の枯渇が心配にならないはずがない。これ以上減らすのはやめてもらいたい。今後ネタを思いついたら、十個に一個でいいからわたしにだけこっそり教えてもらいたい。それがイヤなら、わたしの口座に金を振り込んでもらいたい。

しかもどの項目についても主張が大胆だ。「こういうことを書けば、こういう方面から批判が来る」などと思ってしまうようなことでも妥協することなく書いている。アマゾンで殿堂入りした（もしかしたらアマゾンでたくさん買うと殿堂入りできるのか？）とか、研究で盾を五つほどもらったなど、わたしならそういうことはとても書けない。そういうものを一つももらったことがないわたしが書いたら嘘になるからだ。

森さんはそういうことを自慢で書いているわけではない。本書にも「ブレークしないのはブレーキをかけているからだ」と書いているように、自慢どころか、有名になることを嫌っている。わたしも自慢せず（自慢できることがないのだ）、売れすぎないよう細心の注意を払っている。だが森さんの知名度も売り上げ部数も、わたしの基準からすればブレーキのかけ方に失敗している。大失敗と言ってもいい。代わってあげたいと思うほどだ。

森さんに希望することがある。一度、タチの悪い女にひっかかるか、もうけ話にダマされるか、締め切りまでに原稿が書けない、などの経験をしてもらいたい。そうすれば人間の幅が広がり、わたしのように、苦悩を味わうことができ、人々からバカにされる人間になれるはずだ。そうすればわたしも自責の念から解放されるだろう。

本書は文庫書下ろしです。

|著者|森 博嗣 1957年愛知県生まれ。工学博士。1996年、大学助教授を務める傍ら、お金欲しさに小説を書いて送ったところ、それが出版されることになった。メフィスト賞を受賞したことにもなったが、デビュー作の帯にそう書きたかった編集長がメフィスト賞を創設したためだった。デビュー作は処女作ではなく、第4作だったが、編集長が「これがいい」と言ったので、そうなっただけである。このように、編集者の意見には素直に従う作家であり、この素直さで絶大な人気を博したのではないか、と本人は疑問視している。カバー折り返しの既刊リストを見ればわかるように、講談社だけでも小説やエッセィなど著書多数。本書は100個のショート・エッセィからなる「The cream of the notes」シリーズの3作目にあたる。

つぼねのカトリーヌ The cream of the notes 3

森《もり》 博嗣《ひろし》

講談社文庫

定価はカバーに
表示してあります

2014年12月12日第1刷発行

発行者——鈴木 哲
発行所——株式会社 講談社
東京都文京区音羽2-12-21 〒112-8001
電話 出版部 (03) 5395-3510
販売部 (03) 5395-5817
業務部 (03) 5395-3615

デザイン—菊地信義
本文データ制作—講談社デジタル製作部
印刷———大日本印刷株式会社
製本———株式会社若林製本工場

Printed in Japan

ISBN978-4-06-277992-0

講談社文庫刊行の辞

二十一世紀の到来を目睫に望みながら、われわれはいま、人類史上かつて例を見ない巨大な転換期をむかえようとしている。

世界も、日本も、激動の予兆に対する期待とおののきを内に蔵して、未知の時代に歩み入ろうとしている。このときにあたり、創業の人野間清治の「ナショナル・エデュケイター」への志を現代に甦らせようと意図して、われわれはここに古今の文芸作品はいうまでもなく、ひろく人文・社会・自然の諸科学から東西の名著を網羅する、新しい綜合文庫の発刊を決意した。

激動の転換期はまた断絶の時代である。われわれは戦後二十五年間の出版文化のありかたへの深い反省をこめて、この断絶の時代にあえて人間的な持続を求めようとする。いたずらに浮薄な商業主義のあだ花を追い求めることなく、長期にわたって良書に生命をあたえようとつとめるところにしか、今後の出版文化の真の繁栄はあり得ないと信じるからである。

同時にわれわれはこの綜合文庫の刊行を通じて、人文・社会・自然の諸科学が、結局人間の学にほかならないことを立証しようと願っている。かつて知識とは、「汝自身を知る」ことにつきていた。現代社会の瑣末な情報の氾濫のなかから、力強い知識の源泉を掘り起し、技術文明のただなかに、生きた人間の姿を復活させること。それこそわれわれの切なる希求である。

われわれは権威に盲従せず、俗流に媚びることなく、渾然一体となって日本の「草の根」をかたちづくる若く新しい世代の人々に、心をこめてこの新しい綜合文庫をおくり届けたい。それは知識の泉であるとともに感受性のふるさとであり、もっとも有機的に組織され、社会に開かれた万人のための大学をめざしている。大方の支援と協力を衷心より切望してやまない。

一九七一年七月

野間省一

奥泉光
その言葉を／暴力の舟／三つ目の鯰
解説＝佐々木敦　年譜＝著者
ジャズに溺れ、自由を謳歌し、力ある言葉を求めてやまなかった大学生の「ぼく」。一九七〇年代の青春の一光景を映し出す、瑞々しい初期中篇三作を収録した作品集。
978-4-06-290251-9　おV2

金達寿
金達寿小説集
解説＝廣瀬陽一　略年譜＝廣瀬陽一
十歳で日本へ渡り、在日朝鮮人文学者の嚆矢として小説、古代史研究等で活躍した異才。学生時代の習作から壮年期までの小説を精選し、その全貌を凝縮した記念碑。
978-4-06-290254-0　きJ1

江藤淳
旅の話・犬の夢
解説＝富岡幸一郎　年譜＝武藤康史
欧米を旅しながら思索した文学論・芸術論と、愛犬ダーキイへの想い。二十代後半から三十代の著者が、横溢する好奇心と躍動する批評精神で綴った随筆集の名著。
978-4-06-290252-6　えB7

日本文藝家協会編
現代小説クロニクル1980～1984
解説＝川村湊
現代文学四〇年の名作を五年単位で選りすぐるシリーズ第二弾。野間宏・藤枝静男・吉行淳之介・吉村昭・増田みず子・坂上弘・島尾敏雄・大江健三郎・澁澤龍彥の九作。
978-4-06-290253-3　にC2

講談社文庫　目録

森村誠一　死者の配達人
森村誠一　名誉の条件
森村誠一　真説忠臣蔵
森村誠一　霧笛の余韻
森村誠一　悪道
森村誠一　悪道　西国謀反
森村誠一　ミッドウェイ
森　瑤子　夜ごとの揺り籠、舟、あるいは戦場
守　誠　3分単〈1日3分・「簡単パズル」で覚える・英単語〉
森　詠　吉原首代　左助始末帳
毛利恒之　月光の夏
毛利恒之　地獄の虹
毛利恒之　虹の絆〈ハワイ日系人　母の記録〉
森まゆみ　抱きしめる、東京〈町とわたし〉
森田靖郎　東京チャイニーズ〈裏歌舞伎町の流氓《コンス》たち〉
森田靖郎　TOKYO犯罪公司
森　博嗣　すべてがFになる〈THE PERFECT INSIDER〉
森　博嗣　冷たい密室と博士たち〈DOCTORS IN ISOLATED ROOM〉
森　博嗣　笑わない数学者〈MATHEMATICAL GOODBYE〉

森　博嗣　詩的私的ジャック〈JACK THE POETICAL PRIVATE〉
森　博嗣　封印再度〈WHO INSIDE〉
森　博嗣　まどろみ消去〈MISSING UNDER THE MISTLETOE〉
森　博嗣　幻惑の死と使途〈ILLUSION ACTS LIKE MAGIC〉
森　博嗣　夏のレプリカ〈REPLACEABLE SUMMER〉
森　博嗣　今はもうない〈SWITCH BACK〉
森　博嗣　数奇にして模型〈NUMERICAL MODELS〉
森　博嗣　有限と微小のパン〈THE PERFECT OUTSIDER〉
森　博嗣　地球儀のスライス〈A SLICE OF TERRESTRIAL GLOBE〉
森　博嗣　黒猫の三角〈Delta in the Darkness〉
森　博嗣　人形式モナリザ〈Shape of Things Human〉
森　博嗣　月は幽咽のデバイス〈The Sound Walks When the Moon Talks〉
森　博嗣　夢・出逢い・魔性〈You May Die in My Show〉
森　博嗣　魔剣天翔〈Cockpit on knife Edge〉
森　博嗣　今夜はパラシュート博物館へ〈THE LAST DIVE TO PARACHUTE MUSEUM〉
森　博嗣　恋恋蓮歩の演習〈A Sea of Deceits〉
森　博嗣　六人の超音波科学者〈Six Supersonic Scientists〉
森　博嗣　捩れ屋敷の利鈍〈The Riddle in Torsional Nest〉
森　博嗣　朽ちる散る落ちる〈Rot off and Drop away〉

森　博嗣　赤緑黒白〈Red Green Black and White〉
森　博嗣　虚空の逆マトリクス〈INVERSE OF VOID MATRIX〉
森　博嗣　φ《ファイ》は壊れたね〈PATH CONNECTED φ BROKE〉
森　博嗣　θ《シータ》は遊んでくれたよ〈ANOTHER PLAYMATE θ〉
森　博嗣　τ《タウ》になるまで待って〈PLEASE STAY UNTIL τ〉
森　博嗣　ε《イプシロン》に誓って〈SWEARING ON SOLEMN ε〉
森　博嗣　λ《ラムダ》に歯がない〈λ HAS NO TEETH〉
森　博嗣　η《イータ》なのに夢のよう〈DREAMILY IN SPITE OF η〉
森　博嗣　目薬α《アルファ》で殺菌します〈DISINFECTANT α FOR THE EYES〉
森　博嗣　イナイ×イナイ〈PEEKABOO〉
森　博嗣　キラレ×キラレ〈CUTTHROAT〉
森　博嗣　タカイ×タカイ〈CRUCIFIXION〉
森　博嗣　議論の余地しかない〈A Space under Discussion〉
森　博嗣　探偵伯爵と僕〈His name is Earl〉
森　博嗣　レタス・フライ〈Lettuce Fry〉
森　博嗣　君の夢　僕の思考〈You will dream while I think〉
森　博嗣　四季　春～冬
森　博嗣　森博嗣のミステリィ工作室
森　博嗣　アイソパラメトリック

森 博嗣 悠悠おもちゃライフ
森 博嗣 僕は秋子に借りがある I'm in Debt to Akiko 〈森博嗣自選短編集〉
森 博嗣 どちらかが魔女 Which is the Witch? 〈森博嗣シリーズ短編集〉
森 博嗣 的を射る言葉 〈Gathering the Pointed Wits〉
森 博嗣 森博嗣の半熟セミナ 博士、質問があります！
森 博嗣 DOG&DOLL
森 博嗣 TRUCK&TROLL
森 博嗣 100人の森博嗣 〈100 MORI Hiroshies〉
森 博嗣 銀河不動産の超越 〈Transcendence of Ginga Estate Agency〉
森 博嗣 つぶやきのクリーム 〈The cream of the notes〉
森 博嗣 つぼやきのテリーヌ 〈The cream of the notes 2〉
森 博嗣 つぼねのカトリーヌ 〈The cream of the notes 3〉
森 博嗣 喜嶋先生の静かな世界 〈The Silent World of Dr. Kishima〉
森 博嗣 実験的経験 〈Experimental experience〉
森 博嗣 ささきすばる絵 悪戯王子と猫の物語
土屋賢二 森 博嗣 人間は考えるFになる
森枝卓士 私的メコン物語 〈食から覗くアジア〉
森 浩美 推定恋愛
森 浩美 推定恋愛 two-years

諸田玲子 鬼あざみ
諸田玲子 笠《かさ》雲《ぐも》
諸田玲子 からくり乱《いち》れ蝶《にち》
諸田玲子 其《そ》の一日
諸田玲子 末世炎上
諸田玲子 昔《せき》日《じつ》より
諸田玲子 日《にち》月《げっ》めぐる
諸田玲子 天女湯おれん
諸田玲子 天女湯おれん これがはじまり
諸田玲子 天女湯おれん 春色恋ぐるい
森福 都 楽昌珠
森津純子 家族が「がん」になったら 〈誰も教えてくれなかった介護法と心のケア〉
森 達也 ぼくの歌、みんなの歌
桃谷方子 百合祭
森 孝一 「ジョージ・ブッシュ」のアタマの中身 〈アメリカ「超保守派」の世界観〉
本谷有希子 腑抜けども、悲しみの愛を見せろ
本谷有希子 江利子と絶対 〈本谷有希子文学大全集〉
本谷有希子 あの子の考えることは変
森下くるみ すべては「裸になる」から始まって

茂木健一郎 「赤毛のアン」に学ぶ幸福《しあわせ》になる方法
茂木健一郎 セレンディピティの時代 〈偶然の幸運に出会う方法〉
茂木健一郎 漱石に学ぶ心の平安を得る方法
茂木健一郎 with ダイアログ・イン・ザ・ダーク まっくらな中での対話
望月守宮 無貌伝 〈～双児の子ら～〉
森川智喜 キャットフード
森川智喜 スノーホワイト
森 繁和 参謀
山口 瞳 常盤新平 編 新装版 諸君！この人生、大変なんだ
山田風太郎 婆沙羅
山田風太郎 甲賀忍法帖 〈山田風太郎忍法帖①〉
山田風太郎 忍法忠臣蔵 〈山田風太郎忍法帖②〉
山田風太郎 伊賀忍法帖 〈山田風太郎忍法帖③〉
山田風太郎 忍法八犬伝 〈山田風太郎忍法帖④〉
山田風太郎 くノ一忍法帖 〈山田風太郎忍法帖⑤〉
山田風太郎 魔界転生(上)(下) 〈山田風太郎忍法帖⑥⑦〉
山田風太郎 江戸忍法帖 〈山田風太郎忍法帖⑧〉
山田風太郎 柳生忍法帖(上)(下) 〈山田風太郎忍法帖⑨⑩〉
山田風太郎 風来忍法帖 〈山田風太郎忍法帖⑪〉

講談社文庫　目録

山田風太郎　かげろう忍法帖〈山田風太郎忍法帖⑫〉
山田風太郎　野ざらし忍法帖〈山田風太郎忍法帖⑬〉
山田風太郎　忍法関ヶ原〈山田風太郎忍法帖⑭〉
山田風太郎　妖説太閤記(上)(下)
山田風太郎　新装版戦中派不戦日記
山田風太郎　奇想小説集
山村美紗　三十三間堂の矢殺人事件
山村美紗　ヘアデザイナー殺人事件
山村美紗　京都新婚旅行殺人事件
山村美紗　大阪国際空港殺人事件
山村美紗　小京都連続殺人事件
山村美紗　グルメ列車殺人事件
山村美紗　天の橋立殺人事件
山村美紗　愛の立待岬
山村美紗　花嫁は容疑者
山村美紗　十二秒の誤算
山村美紗　京都・沖縄殺人事件
山村美紗　京都三船祭り殺人事件
山村美紗　京都絵馬堂殺人事件〈名探偵キャサリン傑作集〉

山村美紗　京都不倫旅行殺人事件
山村美紗　京友禅の秘密
山村美紗　京都・十二単衣《じゅうにひとえ》殺人事件
山村美紗　燃えた花嫁
山村美紗　千利休・謎の殺人事件
山田正紀　長靴をはいた犬〈神性探偵・佐伯神一郎〉
山田詠美　晩年の子供
山田詠美　熱血ポンちゃんが来りて笛を吹く
山田詠美　日はまた熱血ポンちゃん
山田詠美　A《エイ》2《トゥ》Z《ズィ》
山田詠美　新装版 ハーレムワールド
山田詠美　ジェントルマン
山田詠美 ピーコ　ファッション ファッショ
山田詠美 ピーコ　ファッション ファッショ〈マインド編〉
山田詠美 高橋源一郎　顰蹙文学カフェ
柳家小三治　ま・く・ら
柳家小三治　もひとつま・く・ら
柳家小三治　バ・イ・ク
山口雅也　ミステリーズ《完全版》

山口雅也　垂里冴子のお見合いと推理
山口雅也　続・垂里冴子のお見合いと推理
山口雅也　垂里冴子のお見合いと推理vol.3
山口雅也　13人目の探偵士
山口雅也　奇偶(上)(下)
山口雅也　PLAYプレイ
山口雅也　モンスターズ
山口雅也　古城駅の奥の奥
山本ふみこ　元気がでるふだんのごはん
山本一力　深川黄表紙掛取り帖
山本一力　牡丹酒〈深川黄表紙掛取り帖(二)〉
山本一力　ワシントンハイツの旋風《かぜ》
山本一力　ジョン・マン1 波濤編
山本一力　ジョン・マン2 大洋編
山根基世　ことばで「私」を育てる
山崎光夫　東京検死官〈三千の変死体と語った男〉
椰月美智子　十二歳
椰月美智子　しずかな日々

椰月美智子 みきわめ検定
椰月美智子 枝付き干し葡萄とワイングラス
椰月美智子 坂道の向こう
椰月美智子 ガミガミ女とスーダラ男
椰月美智子 市立第二中学校2年C組〈10月19日月曜日〉
椰月美智子 恋愛小説
八幡和郎 八幡衣代 『篤姫』と島津・徳川の五百年 日本でいちばん長く成功した二つの家の物語
柳 広司 ザビエルの首
柳 広司 キング&クイーン
柳 広司 怪談
薬丸 岳 天使のナイフ
薬丸 岳 闇の底
薬丸 岳 虚夢
薬丸 岳 刑事のまなざし
薬丸 岳 逃走
矢野龍王 極限推理コロシアム
矢野龍王 箱の中の天国と地獄
山本 優 京都黄金池殺人事件
山下和美 天才柳沢教授の生活 ベスト盤〈The Blue Side〉
山下和美 天才柳沢教授の生活 ベスト盤〈The Red Side〉

山下和美 天才柳沢教授の生活 ベスト盤〈The Green Side〉
矢作俊彦 傷だらけの天使〈魔都に天使のハンマーを〉
山崎ナオコーラ 論理と感性は相反しない
山崎ナオコーラ 長い終わりが始まる
山田芳裕 へうげもの 一服
山田芳裕 へうげもの 二服
山田芳裕 へうげもの 三服
山田芳裕 へうげもの 四服
山田芳裕 へうげもの 五服
山田芳裕 へうげもの 六服
山田芳裕 へうげもの 七服
山田芳裕 へうげもの 八服
山田芳裕 へうげもの 九服
山田芳裕 へうげもの 十服
山本兼一 狂い咲き正宗〈刀剣商ちょうじ屋光三郎〉
山本兼一 黄金の太刀〈刀剣商ちょうじ屋光三郎〉
矢口敦子 傷痕
山形優子フットマン なんでもアリの国イギリス なんでもダメの国ニッポン
柳内たくみ 戦国スナイパー〈信長との遭遇篇〉

柳内たくみ 戦国スナイパー〈謀略・本能寺篇〉
山口正介 正太郎の粋 瞳の洒脱
山本文緒・文 伊藤理佐・漫画 ひとり上手な結婚
夢枕 獏 大江戸釣客伝(上)(下)
柳 美里 家族シネマ
柳 美里 オンエア(上)(下)
柳 美里 ファミリー・シークレット
唯川 恵 雨心中
由良秀之 司法記者
吉村 昭 新装版 日本医家伝
吉村 昭 私の好きな悪い癖
吉村 昭 吉村昭の平家物語
吉村 昭 暁の旅人
吉村 昭 新装版 白い航跡(上)(下)
吉村 昭 新装版 海も暮れきる
吉村 昭 新装版 間宮林蔵
吉村 昭 新装版 赤い人
吉村 昭 新装版 落日の宴(上)(下)
吉田ルイ子 ハーレムの熱い日々

講談社文庫　目録

2014年12月15日現在